그 산길을 따라

그 산길을 따라

초판 1쇄 인쇄일 2015년 8월 14일
초판 1쇄 발행일 2015년 8월 19일

지은이 정철화
펴낸이 양옥매
디자인 최원용
교　정 임수현

펴낸곳 도서출판 책과나무
출판등록 제2012-000376
주소 서울특별시 마포구 월드컵북로 44길 37 천지빌딩 3층
대표전화 02.372.1537　**팩스** 02.372.1538
이메일 booknamu2007@naver.com
홈페이지 www.booknamu.com
ISBN 979-11-5776-070-1(03810)

이 도서의 국립중앙도서관 출판시도서목록(CIP)은 서지정보유통지원 시스템
홈페이지(http://seoji.nl.go.kr)와 국가자료공동목록시스템
(http://www.nl.go.kr/kolisnet)에서 이용하실 수 있습니다.
(CIP제어번호 : CIP2015022118)

정철화 지음

그 산길을 따라

활력소와 청량제의 원천

산 바다 그리고 동심의 세계

책과나무

한라산 · 지리산 · 설악산 · 신불산, 모란 · 수국 · 나
팔꽃 · 채송화…….

    눈만 감으면 떠오르는 산과 꽃이다. 등산과 화초 가
꾸기는 나의 오랜 취미생활이다. 휴일과 주말에는 주
로 산에서 많은 시간을 보낸다. 그러나 평일에는 여가
의 대부분을 화초와 함께한다.

    나의 고향은 동해안 장기곶이다. 그래서 날마다 바
다를 바라보며 자랐다. 변화무궁한 바다 풍경은 상상
과 이상의 세계였다. 불끈 솟아오르는 일출을 바라보
며 소원을 빌었고, 오뉴월 파란 바다에 마음을 팔았다.
여름에는 물고기같이 많은 시간을 바닷물에서 보냈다.

이렇듯 산과 꽃, 바다와 동심의 세계는 늘 내 마음을 푸르게 한다. 산에서는 세상살이를 모두 잊어버리고 그저 산사람이 된다. 화초를 가꿀 때는 속이 누덕누덕한 어른이 아닌 순진한 어린이다. 바닷가에 가면 천진난만한 동심이 되살아난다.

정서가 새롭고 정취가 특별한 날은 그 마음이 시들하기 전에 펜을 들었다. 그렇게 글을 쓴 지가 20년이 지났다. 짧지 않은 세월인데 독자적(獨自的) 출간은 처음이다. 아마도 이 계기(契機)가 창작의 분수령이 될 것 같다.

그동안 성원해주신 가족과 지인(知人)들에게 감사를 드린다. 아울러 출판을 맡아주신 도서출판 책과 나무사 양옥매 대표와 임직원 여러분께도 고마움을 전한다.

2015년 여름 銀波, 정철화

 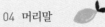

PART

04

살아가는 이야기

PART

05

동심

PART

자 / 연 / 속 / 에 / 서

01

신불산 억새초원

신불산 억새초원에 경사가 났다. 영취산 정상(1,092m)에서 굽어보니 마치 파란 융단을 펼쳐놓은 듯하다. 금방 선녀들이 나타나서 가무(歌舞)라도 즐길 것 같다. 경이로운 풍경이다.

단걸음에 초원으로 달려갔다. 벌써 나무꾼과 선녀가 자그마한 텐트 앞에 나란히 앉아서 정답게 사랑을 나누고 있다. 우리도 물맛 좋은 옹달샘 옆에 자리를 잡았다. 먼저 샘물로 갈증을 푼 다음 도시락으로 시장기를 때운다. 상큼한 풀 냄새와 연한 초록색 물결이 입맛을 돋운다. 밥맛이 꿀맛이다.

식사를 마치고 떠날 채비를 하자 여린 억새들이 미풍에 춤을 추며 함께 놀자고 재롱을 떤다. 화창한 날씨까지 마음을 들뜨게 한다. 하룻밤 묵어가고 싶은 마음이 굴뚝같다. 야영 장비를 챙겨오지 않은 것이 후회스럽다. 함께 온 유 원장도 몹시 아쉬워한다.

　이곳의 초원을 처음 본 것은 지난 정초였다. 그 때는 전날 중부 지방에 내린 눈 때문에 날씨가 무척 춥고 음산했다. 더구나 억새 군락 지대에는 산골짜기에서 몰려오는 세찬 바람이 잿빛 구름을 앞세우고 바싹 마른 억새들을 사납게 할퀴고 있었다. 너무나 살벌하고 황량했다.

　그러나 억새들은 움직일 수 없는 처지를 탓하지 않고, 생명의 뿌리를 힘껏 부둥켜안고 묵묵히 겨울을 이겨내고 있었다. 생존을 위한 힘겨운 투쟁이었다.

　그런 억새들이 지금은 새로운 희망을 품고 다시 돋아나고 있다. 광활한 안부가 고만고만한 여린 억새들로 가득하다. 포기마다 우량아(優良兒)같이 건강하고 청신하다. 마치 어떤 농부가 부지런히 김매

고 거름을 주면서 초지(草地)를 조성(造成)한 것 같다.

어떻게 된 영문인지 당연히 있어야 할 마른 꽃대와 잡풀도 보이지 않는다. 자세히 살펴보았다. 아니나 다를까. 뿌리 쪽에 산불이 휩쓸고 지나간 흔적이 있다. 바로 이곳이 지난 정초에 산불이 일어난 곳이다.

초원에 불이 나면 나무와 잡초의 씨는 모두 불에 타서 죽어버린다. 여러해살이 풀뿌리도 뜨거운 열기를 이기지 못하여 더 이상 생(生)을 이어가지 못한다. 억새인들 거센 불길이 휩쓸고 지나갈 때 그 고통이 오죽했겠는가. 죽지 않고 살아난 것은 끝까지 삶을 포기하지 않았던 끈질긴 생명력 때문이고, 더욱 힘차고 튼튼하게 자라는 것은 불에 탄 잿더미가 충분한 자양분이 돼주기 때문이다. 인내와 의지가 대단한 식물이다.

억새는 우리민족과 연(緣)이 깊은 풀이다. 옛날 농촌에서는 억새가 농경지 바람막이와 울타리, 지붕 갈이 재료 등으로 긴요하게 쓰였다. 그래서 정월 대보름날이 되면 집집마다 더욱 튼튼하고 키가 큰 억새를 거두기 위하여 억새가 자라는 밭둑에다 고의적으로 불을 질렀다. 불을 놓는 일은 어린 우리의 몫이었다. 그 후 무럭무럭 자라는 억새를 보면 늘 어깨가 으쓱해졌다. 그런 사연 때문인지 이 나이에도 억새만 보면 힘이 솟고 기분이 좋아진다.

우리나라는 예로부터 전쟁과 내란이 많았다. 여름과 가을에는 무성한 억새가 은폐물로 전투에 많은 도움을 주었다고 한다. 태조 이성계도 북방을 지키면서 억새 때문에 여러 번 목숨을 구하기도 했고

수차에 걸쳐 큰 승리를 하였다고 한다. 나도 육이오전쟁 때 억새밭에 몸을 숨긴 경험이 있다.

이런 생각을 하면서 초원을 바라보니 더욱 경이롭다. 아, 신불산의 억새초원! 지난겨울에는 인내와 불굴의 정신을 가슴 깊이 새겨주더니 오늘은 해맑은 정서를 마음에 가득 담아 준다.

1988년 6월 5일

해를 만드는 할아버지

동심을 찾아서

수평선 너머에 밤마다 해를 만드는 할아버지가 살고 있었다.

새벽에 하늘이 청명하면 나는 자주 수평선을 바라보았다.

시간이 되면 할아버지는 두 손으로 이글거리는 해를 바쳐 들고,

조심스럽게 수평선 위에 올려놓았다.

그 때 해를 떠받들고 있는 할아버지의 손도 시뻘겋게 달아올랐다.

그래도 해가 떨어질까 걱정이 되어 선뜻 손을 떼지 않았다.

할아버지는 참을성이 대단하셨다.

할아버지가 조용히 손을 떼고 나면 해는 하늘로 사뿐히 솟아올랐다.

해를 만드는 할아버지를 꼭 한 번 만나보고 싶었다.

03

한강의 근원

　여의도 둔치에 나갔다. 중천에 뜬 달이 휘영청 밝다. 달빛에 반짝이는 한강이 장관이다. 강물에 어린 강변로 가로등 불빛과 한강대교, 마포대교의 네온사인도 찬란하다. 오가는 유람선의 휘황찬란한 조명등도 함께 조화를 이룬다. 자연과 문명이 어우러진 환상적인 야경(夜景)이다.

　수년 전 만해도 상상조차 할 수 없었던 야경이다. 그 당시는 밀물과 썰물의 기복이 심해서 하루에 두 번씩 여기저기 강바닥이 드러났다. 그래서 요즈음과 같이 큰 배는 도저히 띄울 수 없었다.

　지금은 수중보 덕분에 수심(水深)이 깊고 수량(水量)이 항상 일정하다. 한강종합개발＊의 덕택이다. 둔치, 한강공원, 올림픽대로도 그 당시에 준공되었다. 눈부신 경제성장의 힘이 아니었다면 감히

엄두도 못 낼 역사(役事)였다. 이것이 바로 세계인이 부러워하는 한 강의 기적이다.

  나는 가끔 '저 많은 물들이 모두 어디서 흘러왔을까?' 하고 명상에 잠긴다. 그 때마다 생각은 꼬리에 꼬리를 물고 이 산 저 산 깊은 계곡으로 달린다. 가깝고도 먼 수많은 골짜기에서 온갖 어려움을 겪고 흘러온 의지와 신념의 물이다. 오다가 중도에서 여러 가지 용수(用水)로 또는 자연현상으로 지리멸렬한 물이 엄청나다.
  강물도 타고난 운명이 천차만별이다. 어떤 물은 이름 없는 얕은 산골짜기에서 태어나 덧없이 수(壽)를 마치고, 어떤 물은 높고 깊은 산골짜기에서 태어나 심산 비경을 두루 섭렵(涉獵)한 후 큰 강을 이루고 그 이름을 만고에 떨친다.

  얼마 전 설악산 안산 정상(1,430m)에서 짙은 운무 때문에 길을 잃어 버린 일이 있었다. 대형지도와 나침반이 있었지만 산길 찾기가 용이하지 않았다. 한 시간가량 오르락내리락하다가 간신히 작은 물줄기 하나를 만났다. 등산 안내자는 여기가 한강 상류 십이선녀탕계곡의

발원지라 하며 구세주를 만난 듯이 반가워했다. 물줄기를 따라가면 길이 있기 때문이었다.

평소 이 계곡의 발원지는 사람들의 발길이 닿을 수 없는 아주 신령스러운 곳으로 생각했다. 그러나 처음 형성되는 골짜기는 다른 계곡의 발원지와 별로 다를 바 없었다. 물줄기도 여기저기서 눈물같이 스민 물이 조금씩 모여 실낱같이 흘렀다. 흐르는 모습도 마치 엄마 앞에서 뒤뚱뒤뚱 걸어가는 돌 지난 아기 같았다. 어쩌다 등산화에 짓밟혀도 갈 길을 잃어버리고 사방을 두리번거리며 어쩔 줄 몰라 했다. 목적지는 멀고도 험난한데 아무도 보살펴주는 이가 없다.

발원지에서 목적지 서해까지는 장장 수백 리 길이다. 그 머나먼 길을 지나가면서 우리에게 베풀어주는 혜택이 무궁무진하다. 마을 앞을 지나갈 때는 뭇사람과 희로애락을 함께하고, 들판을 가로지를 때는 풍년을 위하여 헌신한다. 그리고 댐이 있는 곳에서는 잠깐 흐름을 멈추고 함께 모여서 앞날의 일들을 도모한다. 식수 · 생활 · 공업 · 농업 · 발전용수 등으로 강물의 용도(用途)가 더욱 다양해진다.

발원지에서 두문폭포까지(B코스)는 산세가 몹시 가팔랐다. 계곡 역시 어린 물줄기가 극복하고 지나가기에는 물길이 너무 험난했다. 인간의 어린 시절과 달리 출발부터가 가시밭길이었다. "잘 자랄 나무는 떡잎부터 알아본다."라는 말이 있다. 한강의 태생은 근본부터 달랐다.

두문폭포에 도착하니 계곡이 한결 유연해졌다. 물길을 따라 내려가니 이 골짜기 저 골짜기에서 비슷한 처지를 겪고 흘러온 작은 지류

들이 개선장군같이 속속 도착했다. 그 때마다 물과 물은 서로 부둥켜 안고 이리저리 뒹굴며 만남을 반가워했다. 그러고는 함께 노래하며 도란도란 흘렀다.

십이선녀탕 계곡은 기교와 아름다움의 극치였다. 주위의 산세 또한 빼어나게 수려했다. 암반으로 형성된 계곡에는 크고 작은 폭포와 절묘한 웅덩이가 각각 여덟 개나 드문드문 자리하고 있었다. 특히 구슬을 꿴 듯한 여섯 개의 봉숭아탕은 기기묘묘했다. 마치 천하에 제일가는 석공들이 선녀들의 안식을 위하여 대를 이어 정으로 쪼아 만든 걸작 같았다. "고생 끝에 낙이 있다."라고 하더니 작은 지류들이 저마다 위험을 무릅쓰고 숨 가쁘게 달려온 이유를 알 듯했다.

한 몸이 된 물줄기는 설악산의 정기를 몸과 마음에 담으며 유유히 흐르기 시작했다. 그리고 계곡의 요소요소를 지나가며 대도(大道)의 길을 갈고 닦았다. 완만한 곳에서는 심성을, 가파른 골짜기에서는 슬기와 기교를, 크고 작은 웅덩이에서는 화합과 평화의 정신을, 높고 낮은 폭포에서는 용기와 기개를 다졌다. 십이선녀탕계곡은 득도(得道)의 요람이며 심신의 수련장이다. 이 모두가 한강의 근원이다.

1988년 6월 19일

* 한강종합개발 1982년 9월 착공 1986년 9월 준공

04
가지산의 상고대

　가지산 정상(1240m)에 상고대 * 가 활짝 피었다. 앙상한 나뭇가지마다 빗살같이 응결된 은빛 얼음꽃이 눈부시게 찬란하다. 오늘 아침에는 눈꽃까지 피어서 더욱 신비스럽다. 엄동설한 긴긴 밤에 악천후가 빚어놓은 경이로운 풍경이다.

　어젯밤에는 내내 바람이 불고 눈과 비가 번갈아 뿌렸다. 이따금 번쩍번쩍하는 번갯불이 칠흑 같은 어둠을 환하게 밝혀주었다. 그 때마다 선잠에서 깨어난 사람들이 하품을 하면서 차창에 흘러내리는 빗물에 눈길을 팔았다.

　내가 이곳 상고대를 처음 본 것은 재작년 정초였다. 그 날 산정(山頂)의 체감 온도는 영하 20도나 되었다. 휘몰아치는 찬바람 때문에 산꼭대기에서는 몸조차 가누기 힘들었다. 등산 경력이 짧은 나에게는 무척 힘겨운 산행이었다. 그런데도 그 풍경이 어찌나 찬란하고 신비스러운지 2년 내내 눈에 아물거렸다.

다시 보고 싶어서 때를 기다렸으나 좀처럼 기회가 오지 않았다. 어제 마침 기상대에서 며칠 간 날씨가 흐린다고 하기에 선뜻 장비를 챙겨서 집을 나선 것이다. 서울을 떠나 밀양역에 도착한 시간은 새벽 3시 40분, 기차에서 내리니 캄캄한 하늘에서 부슬비가 계속 내리고 있었다.

회심의 미소가 일기 시작했다. 함께 간 유 원장은 염려와 후회의 기색이 역력했다. 역 앞 야간 식당 주인 부부도 이상한 눈으로 바라보며 중얼거렸다. 그 소리가 내 귀에는 "오늘같이 날씨 고약한 날 따끈따끈한 방에서 잠이나 잘 일이지 이 캄캄한 이른 새벽부터 도대체 저게 무슨 짓이야……." 하는 듯 들렸다.

사실 겨울 산행 때 비가 내리면 무척 거추장스럽고 불편하다. 하지만 택시를 타고 산행을 시작할 석남터널 입구에 올라가니 눈이 내리고 있었다. 얼마 후 어둠이 걷히자 시야가 백의(白衣)의 천국이

었다. 가끔 차 한두 대가 재를 넘고 있었지만 차를 멈추고 설경을 구경하는 사람은 한 사람도 없었다. 세상살이가 너무 힘들고 각박해서 감정이 메말라버렸을까, 아니면 자연에 대한 감각이 무디어서일까? 무심히 지나가는 차들의 뒷모습을 바라보니 만감이 교차했다.

쌓인 눈 때문에 산을 오르는 일이 만만치 않았다. 능선을 걸어갈 때에는 매서운 칼바람이 살을 에는 듯했다. 쏜살같이 달려가는 검은 구름이 머리 위에서 소용돌이칠 때에는 으스스했다. 그래도 상고대를 향한 마음은 흔들리지 않았다.

정상의 상고대! 가히 기대를 저버리지 않았다. 오늘은 상고대의 폭이 자그마치 5cm~6cm 정도. 그 위에 설화까지 피어서 더욱 찬란했다. 어쩌다 검은 구름 사이로 태양이 고개를 내밀면 상고대는 다이아몬드같이 번쩍거렸다. 그 때마다 아! 하는 탄성이 절로 터져 나왔다.

평소 감정 표현과 사진 촬영에 유별나게 인색하신 유 원장도 "정 선생, 내가 30여 년 간 전국의 산을 두루 다녀 보았지만 이렇게 황홀한 겨울 풍경은 처음이야……." 하면서 사진 촬영에 여념이 없었다. 나도 정신없이 셔터를 눌렀다. 삽시간에 필름 두 통이 다 떨어졌다. 그 때 비로소 손발이 시리고 매서운 영하의 바람이 얼굴을 사납게 할퀴고 있다는 사실을 알았다. 그래도 쉽게 발길이 떨어지지 않았다.

이 순간을 위하여 야간열차를 타고 천리 길을 달려왔다. 고약한 날씨를 무릅쓰고 이른 새벽부터 힘겨운 산행을 했다. 대자연은 이런 마음을 알아주었을까. 천금을 주고도 구경할 수 없는 신비의 풍경을 정성껏 만들어놓았다.

밤은 거룩한 시간이다. 어둠은 신분(身分)과 직업(職業)의 귀천(貴賤)을 가리지 않고 모든 사람을 잠들게 한다. 천하에 영웅호걸도 잠에 빠지면 행동과 생각이 정지된다. 그러나 착한 사람은 단잠을 자면서 좋은 꿈을 꾸지만, 나쁜 사람은 선잠을 자면서 악몽에 시달린다. 그 시간 대자연은 어둠과 정적 속에서 비밀스럽게 내일의 여명(黎明)을 준비한다.

어느 결에 11시가 지났다. 궂은 날씨 때문에 아무도 산을 오르지 않는다. 안타까운 일이다. 오늘은 상고대뿐만 아니라 설경도 그림같

이 아름답다. 이와 같은 풍경을 많은 사람이 보고 음미한다면 세상
인심이 보다 넉넉해질 것 같은데…….

1989년 1월 15일

---

*상고대 : 바람에 실려 날아가던 비구름이 갑자기 한랭 고기압의 영향을 받아서   앙상
한 나뭇가지에 빗살같이 응결된 얇은 얼음층을 말한다.

05
발교산 신록

이른 아침에 잠깐 소나기가 내렸다. 등산을 시작할 무렵에는 먹구름이 물러가고 날씨가 화창했다. 장대같이 쏟아지는 빗줄기에 목욕을 한 발교산의 신록이 황금빛 아침 햇살에 눈이 부시도록 곱고 싱그러웠다.

발교산은 강원도 횡성군 첩첩산중 오지에 있다. 그 깊은 산 속에 쟁반같이 생긴 넓은 분지가 있었다. 옥토였다. 휘둘러보니 산기슭을 따라 띄엄띄엄 작은 촌락이 자리 잡고 있었다. 이런 풍경이 별천지같이 느껴졌다.

마을 앞을 지나갈 때였다. 농부들이 "여보시오, 거……, 막걸리 한 잔 하고 가시오." 하며 나그네를 불렀다. 그들이 권하는 막걸리 한 사발과 삶은 토종닭이 꿀맛이었다. 세속에 때가 묻지 않은 소박

하고 훈훈한 인정과 인심 또한 신록만큼이나 청신했다.

　나는 사계절 풍경 중에서 신록을 제일 좋아한다. 물론 화신, 녹음, 단풍, 설경 등을 싫어해서가 아니다. 그 중에서 택하라면 신록을 꼽는다. 무엇보다 티 없이 고운 연둣빛과 싱싱함이 좋아서 그렇다. 식물이 내뿜는 테르펜(terpene)의 량도 이때가 제일 많다. 꽃도 신록과 함께 피는 산벚꽃, 산목련, 철쭉, 영산홍, 아카시아, 찔레, 라일락, 오동나무 꽃 등이 제일 화사하고 향기가 그윽하다. 새소리와 계곡물 소리도 요즈음이 가장 청량하다. 눈, 코, 귀가 그 어느 때보다 즐거운 계절이다.

　얼마 전에 만난 K 씨는 3년 동안 사람의 발길이 닿지 않는 깊은 산속에 살면서 불치의 병을 고쳤다고 자랑했다. 그렇다. 자연이 아무리 좋은 혜택을 베풀어준다 해도 가만히 앉아서 그 은혜를 누릴 수 없다. 물에 가야 고기를 잡듯이, 산에 가야 빼어난 산수와 사계절 아름다운 풍경을 음미(吟味)할 수 있다. 그리고 맑은 공기를 마시고 흐르는 계곡물 소리와 각종 새소리도 들을 수 있다.

　어린 시절이 생각난다. 신록의 계절이 돌아오면 찔레꽃 향기를 즐겼고 인동꽃 꿀을 빨았다. 돌아가신 아버지가 보고 싶을 때에는 버들피리와 보리피리를 불었다. 몹시 서러워도 병으로 몸져누워 계시는 어머니 곁에서는 차마 소리 내어 울 수가 없었다. 그러나 산 속에서는 자주 엉엉 울었다. 그 때 뻐꾸기도 옆에서 '뻐꾹뻐꾹' 하며 함께 울어주었다. 어머니의 환한 웃음을 보고 싶어서 산나물과 쑥을 뜯어 왔다. 외할머니가 해주신 쑥떡도 이때가 제일 맛있었다.

오늘 산행은 화창한 날씨와 싱그러운 공기 때문에 기분이 한결 상쾌하고 발길이 가벼웠다. 불어난 계곡물 소리와 산기슭에 만발한 산벚꽃은 신록의 운치를 더해주었다. 가끔 바지 자락을 살짝살짝 잡아당기는 어린 넝쿨들의 어리광도 평소 느껴보지 못했던 새로운 정취였다.

처음 쉬었던 곳 좌우에는 하늘을 찌를 듯한 전나무가 울울창창했다. 막 피어나는 바늘같이 생긴 여린 나뭇잎들이 티 없이 곱고 청신했다. 나무와 나무 사이로 쏟아지는 아침 햇살이 찬란했다. 숲 속 멀지 않는 곳에서 폭포수 소리와 뻐꾸기 노래도 들려왔다.

오르막, 내리막길 곳곳에 내가 좋아하는 이끼꽃, 피나물꽃, 금낭화도 피어있었다. 깊은 산 계곡에서 물보라를 즐기고 있는 해맑은 이끼꽃은 더없이 순결해 보인다. 노란 피나물꽃도 어린 조카딸같이 예쁘고 청신하다. 잎도 꽃 못지않게 정겹다. 줄기를 타고 흐르는 노란색 수액은 신비를 더해준다. 금낭화는 독특한 모양새만큼이나 정감도 남다르다. 하산 길에 금낭화를 만나면 손가락을 깨물고 누구를 애타게 기다리고 있는 철없는 소녀같이 느껴진다.

정상 동북쪽에는 넓고 시원한 초원도 있었다. 여기저기 듬성듬성 솟아난 키다리 윤판나물이 눈길을 끌었다. 마치 처음 면회 온 부모님께 거수경례를 하는 씩씩한 이등병 아들 같았다.

산정에서 굽어보니 그 어디에도 속세의 흔적이 보이지 않았다. 사방이 첩첩산중, 보이는 것은 오직 연둣빛 물결뿐이었다. 바람이 불 때마다 일렁이는 신록이 넘실거리는 바다 같았다. 그 바다 위에 하

얀 돛단배를 띄우고 바람
따라 가고 싶었다.

1990년 5월 13일

06

산목련

　도봉산 무릉계곡 상류에 산목련이 꽃봉오리를 터뜨렸다. 향긋한 꽃향기가 숲 속을 맴돌며 숨바꼭질을 하느라 신이 났다. 조용히 행렬에서 벗어나 수풀을 헤치고 가까이 다가가 보았다. 핀 꽃보다 피지 않은 꽃망울이 더 많았다.

　개화(開花)를 기다리는 꽃망울은 앳된 소녀같이 귀엽고, 피어 있는 꽃송이는 모두 청순한 처녀같이 다소곳하게 고개를 숙이고 있었다. 그 모습이 어찌나 청초하고 정숙한지 나뭇가지를 잡아당겨서 살며시 만져보고 싶었다. 그러나 손만 닿으면 울어버릴 것 같아서 바라만 보았다.

　멀리서 일행이 소리쳐 불렀다. 그 음성이 산골짜기에 거듭거듭 메아리쳤다. 큰소리로 대답하면 꽃이 놀랄 것 같아서 오히려 숨을 죽였다. 생각 같아서는 산행을 포기하고 꽃망울이 모두 필 때까지 그 자리에 계속 머물고 싶었다.

언제 어디서나 피지 않는 꽃망울을 보면 개화가 기다려진다. 때로는 그 옆에 웅크리고 앉아서 눈여겨본다. 운이 좋은 날은 막 꽃봉오리를 터뜨리기도 한다. 그럴 때는 갈 길을 잊어버리고 돌이 된다.

무릉계곡의 산목련은 주위 경관이 수려하고 아늑해서 더욱 아름답고 정취가 있다. 이 계곡은 도봉산 신선봉 쪽에서 송추계곡 상류 방향으로 흐르는 한 가닥의 작은 지류다. 계곡의 길이는 오 리 남짓하나 근교에서 보기 드문 폭포도 있고, 반석(盤石)으로 이루어진 계곡에는 크고 작은 아담한 물웅덩이도 여러 곳에 있다. 그리고 계곡 좌우에는 꽤 오래된 활엽수와 소나무가 사이좋게 공존공생하고 있다. 특히 계곡 주위의 신록은 오월의 백미(白眉)로 꼽을 만하다.

내가 이곳에서 산목련꽃을 처음 본 것은 수년 전이다. 지금은 세월 따라 나무가 훌쩍 자랐지만 그 때만 해도 주위 나무에 가려서 잘 보이지 않았다. 조금만 자리를 달리하면 그나마 보이지도 않았다. 마치 겁이 많은 소녀가 숲 속에서 이리저리 몸을 숨기는 듯했다.

호기심에 수풀을 헤치고 가까이 가보았다. 키가 자그마한 나무에 예쁘고 소담한 꽃 대여섯 송이가 함초롬히 아침 이슬을 머금고 있었다. 간밤에 무릉계곡에서 목욕을 한 듯 너무나 아름답고 청신했다. 바람이 불 때마다 살랑거리는 꽃송이에서 상큼한 향기가 물씬물씬했다. 여느 때 맡아보던 그런 꽃향기가 아니었다. 아주 오래 전에 내 마음을 흔들어 준 바로 그 향기였다.

　청소년 시절이었다. 오늘같이 화창한 날 읍내 목욕탕 앞을 걷고 있었다. 그 때 방금 목욕을 마친 예쁜 소녀가 비누, 화장품, 수건 등을 담은 세숫대야를 옆구리에 끼고 걸어 나왔다. 얼굴은 뜨거운 열기에 익어서 발그스름했고, 허리까지 늘어진 검정 머리는 촉촉하게 젖어 있었다. 몇 걸음 뒤에서 걸어가니 상큼한 냄새가 참 좋았다. 그 후로 자주 그 길을 오가고 했지만 그 소녀를 다시는 보지 못했다.

　그리고 40여 년이 지났다. 뜬금없이 무릉계곡에서 그 소녀가 어제같이 떠올랐다. 다소곳하고 향긋한 산목련은 그 시절 그 소녀의 분신 같았다. 그 후로는 활짝 핀 산목련 곁에만 가면 나이와 더불어 경직된 마음이 풀잎같이 흔들렸다.

이런 마음을 알아차리지 못한 일행이 빨리 오라고 고래고래 고함을 쳤다. 뒤늦게 산마루에 올라가니 기다리던 일행은 "당신 지금까지 그 곳에서 무엇을 했소." 하고 다그쳤다. 나는 스스럼없이 연인을 만났다고 말했다.

1989년 1월 15일

07
뜸부기의 한

넓은 들판에 옮겨 심은 모가 사름을 하느라 한창이다. 연둣빛 벼 포기들이 산들바람에 물결같이 일렁인다. 어디서 뜸부기 한 마리가 '뜸북뜸북' 하며 노래를 부른다. 그 소리가 건너편 산에 메아리친다. 20여 년 만에 다시 듣는 새소리라 발길을 멈추고 귀를 기울인다.

그 때나 지금이나 뜸부기 소리는 쩌렁쩌렁하고 시원해서 듣기가 참 좋다. '뜸북뜸북' 할 때마다 한줄기 소나기가 쏟아지는 것 같다. 옆에서 함께 듣고 있던 젊은이는 난생 처음 듣는 소리라며 넋을 놓는다.

어릴 적이다. 어른들은 무논에서 김을 매다가 옆에서 뜸부기가 노래를 하면 힘이 솟아난다고 했다. 그 소리가 힘차고 경쾌하면 풍년이 든다고 좋아 했다.

  그런 귀한 선율을 요즈음은 농부들도 듣기 어렵다고 한다. 농약과 밀렵 때문이라고 한다. 농약이야 어쩔 수 없는 현실이라 하더라도, 밀렵은 정력에 좋다는 이유 때문이라고 하니 어처구니없다. 근거도 확실치 않은 이유 때문에 모진 수난을 당한 것이다.

  자연이 베푸는 여러 가지 소리 가운데 새소리가 가장 다양하고 듣기 좋다. 특히 뜸부기 소리는 아주 독특해서 친근감을 더해준다. 그와 같은 귀한 선율들이 완전히 사라지고 나면 우리의 산하가 얼마나 적막하고 살벌할까.

  뜸부기의 수난을 생각하니 내 마음도 편치만은 않다. 어린 시절 어느 해 초여름 이른 아침이었다. 여느 때와 같이 뒷동산에서 방목을 마치고 소를 풀밭에 매어 놓고 집으로 돌아올 때였다. 손을 씻기 위해 천수답 논두렁에 들어서자 갑자기 논 한가운데서 '후닥닥' 뜸부기 한 마리가 날지도 않고 종종걸음으로 줄행랑을 쳤다. 이상히 여겨 도망간 자리를 살펴보았다. 아니나 다를까 벼 포기로 둥지를 튼 자리에 새끼 다섯 마리가 옹기종기 모여 있었다. 어찌나 예쁘고 귀여운지 모두 웃옷에 싸서 집으로 발길을 재촉했다.

  그런데 잠시 후에 뜻하지 않았던 일이 벌어졌다. 조금 전에 도망갔던 어미 새가 겁도 없이 내 앞에 나타나서 새끼들을 구하기 위해 필사적이었다. 종종걸음으로 내 앞길을 오가고 하며 유인책을 썼다. 그러나 이미 새끼들에게 정신이 팔려버린 어린 나에게 어미 새의 애틋한 모정은 아무런 의미가 없었다.

그것들을 안고 대문에 들어서니 어머니가 깜작 놀라시며 "애야, 너무 불쌍하다. 빨리 제 어미에게 돌려주고 오느라." 하시며 꾸중을 하셨다. 그래도 내 마음은 흔들리지 않았다. 나는 방에다 넓은 양철통과 종이로 둥지를 마련해준 다음 먹이와 물을 주며 정성껏 보살폈다.

그러던 어느 날 새끼들이 그만 변을 당하고 말았다. 식구가 집을 비운 시간에 옆집 고양이가 문을 열고 들어가서 모두 잡아먹고 말았다. 둥지에 남아 있는 것이라고는 발목 열 개뿐 깃털 하나 피 한 방울 보이지 않았다.

고양이가 죽이고 싶도록 미웠다. 그러나 고양이는 내 마음을 알아차렸는지 한동안 나타나질 않았다. 너무 분하고 애석해서 며칠간 잠

을 설쳤다. 어린 마음에도 어미에게 돌려주지 않았던 것을 몹시 후회했다.

그 후로는 뜸부기 소리가 예사롭지 않게 들렸다. 어른들은 짐승을 함부로 죽이면 악귀(惡鬼)가 되어서 언젠가는 꼭 앙갚음을 한다고 했다. 새삼 그 말이 상기(想起)되어 밤이 두려웠다. 한 마리도 아닌 무려 다섯 마리나 참혹하게 죽임을 당하게 했으니 보통 충격이 아니었다. 40여 년이 지난 지금도 그 때 생각을 하면 숙연해진다. 어릴 적 철없이 저질렀던 실수가 새삼 가슴을 아프게 한다.

'뜸북뜸북' 하던 뜸부기는 인기척에 놀라서 그만 입을 굳게 다물고 말았다. 다시 한 번 듣고 싶어서 숨을 죽이고 기다렸으나 더 이상 입을 열지 않았다. 도대체 죽을 고비를 몇 번이나 넘겼기에 저토록 사람을 두려워할까. 나는 우두커니 서서 한동안 푸른 들판을 물끄러미 바라보았다. 뜸부기 소리가 멈춘 들판은 마치 연주가 끝난 공연장같이 정적만 감돌았다.

1993년 6월

08
진달래꽃과 호랑이

봄이 돌아오면 어른들은 으레
"깊은 산에는 호랑이가 나타난다." 하며 으름장을 놓았다.
그러나 호랑이는 곶감보다 진달래꽃을 더 무서워했다.

때가 되면 소꿉친구들과 깊은 산골로 달려갔다.
그 때마다 진달래꽃이 불꽃같이 피어 있었다.
먼저 혀와 입술이 파랗게 물들도록 꽃잎을 따먹었다.
그리고 그 꽃잎을 따서 책보자기에 가득 담았다.
돌아올 무렵에는 꽃망울 가지도 한 아름 꺾었다.
석양을 등에 지고 집으로 돌아올 때는,

산등성이 오 리 길을 콧노래 부르며 왔다.

호랑이는 불타는 진달래꽃이 무서워 끝내 나타나지 않았다.

09
산행을 다시 해야겠다

어제 단풍이 물든 설악산을 다녀왔다. 산행 덕분에 찌뿌드드한 몸이 한결 가뿐하고 상쾌하다. 늘 그랬다. 산에만 갔다 오면 웬만한 아픔은 씻은 듯하고, 갖가지 근심 걱정도 멀찌감치 달아나 버린다. 아무래도 한동안 뜸했던 등산을 다시 시작해야 될 것 같다.

오래 전이다. 복어국을 먹고 맹독에 중독되어 사경을 헤매다가 간신히 살아난 일이 있었다. 그 후 건강 상태가 몹시 좋지 않았다. 가벼운 운동에다 보약을 곁들여도 별 효험이 없었다. 보기가 딱했던지 몇몇 지우(知友)가 등산을 권유했다. 그래서 시작한 등산이 이십여 년이 지났다.

처음 몇 년 동안은 너무 힘겹고 피곤해서 그만 둘 생각을 여러 번 했다. 그 때마다 나빠진 건강 회복을 위하여 마음을 다잡았다. 그럭

저럭 오륙 년이 지나자 비로소 주말이 기다려지면서 산이 눈에 어른 거리기 시작했다.

그 후부터 전국의 산을 두루 찾아다녔다. 때로는 무거운 배낭을 둘러메고 2박 3일 간의 강행군도 마다하지 않았다. 위험한 암벽 등반도 자주했다. 설경과 눈 밟기를 즐기기 위해서 눈 내리는 날을 오히려 절호의 기회로 삼기도 했다. 극기를 다진다고 혹한도 주저하지 않았다.

그러다가 길을 잃어버리고 산속을 헤매기도 하였고, 탈진을 해서 남의 도움을 받기도 했다. 폭우와 폭설을 만나 위험에 처한 때도 한두 번이 아니었다. 암벽을 기어오르다가 두세 번 떨어지기도 했다. 그 때마다 크게 다치지 않고 무사했던 것을 지금도 천만다행으로 여긴다.

간혹 폭우, 폭설, 혹한, 추락 등으로 사상자가 발생하는 경우도 있다. 그러나 산의 잘못이 아니다. 모두가 스스로 자초한 사고였다. 원인은 주로 무지, 부주의, 자만 등으로 인한 자기 과오였다. 날씨를 원망할지언정 산을 탓할 일이 아니다. 산은 언제나 말없이 그 자리에 있을 뿐 누구를 오라 가라 하지 않는다. 스스로 조심하고 겸손하면 사고를 미연에 방지할 수 있다.

나는 등산을 할 때 산에 대한 상식과 예의를 잠시도 잊지 않는다. 산에 발을 들여놓는 순간부터 일상의 이해관계와 잡념을 훌훌 털어버린다. 언제 어디서나 아름다운 자연을 음미하며 함께 동화하려는 마음을 잊지 않는다. 동식물의 안식을 위해서 고성(高聲)을 조심한다. 산을 아끼고 사랑하는 것은 산 사람이 지켜야 할 기본 덕목이기 때문이다.

산에는 뭇 생명이 살고 있다. 모두가 다정한 친구이며 무언의 스승이다. 그 곳에만 가면 아무리 힘겹고 쓸쓸해도 기분이 좋아진다. 때로는 삶의 지혜가 샘솟고, 새로운 용기가 불끈 솟아오르기도 한다. 일상에 찌든 마음도 개운해진다. 탐욕과 이기심도 고개를 숙이고, 오해와 원망도 부끄럼으로 다가선다.

지난날을 뒤돌아보면 그동안 산이 베풀어 준 고마움이 무궁무진하다. 깊은 산 맑은 공기와 초목의 정기는 원래의 건강을 되찾아주었다. 또한 빼어난 산수와 사계절 아름다운 풍경은 메말라 가는 인성을 기름지게 해주었다.

산은 높고 낮음이 천차만별이다. 히말라야같이 높고 웅장한 산이 있는가 하면, 그보단 낮지만 설악산, 금강산같이 수려한 산도 있다. 산은 높고 낮음에 구분 없이 제 나름의 분수가 있다. 높은 산은 아버지같이 믿음직스럽고 품이 넓으며, 낮은 산은 어머니같이 인자하고 품이 포근하다.

우리나라 산은 산세도 수려하지만, 사계절이 뚜렷해서 한 철도 소홀함이 없다. 봄부터 겨울까지 화신, 신록, 단풍, 설경 등 일 년 내내 감동과 환희의 연속이다. 수많은 풍경 중에서 설악산의 단풍과 운해(雲海), 발교산의 신록, 곰배령의 야생화, 신불산의 억새초원, 칠보, 보개산의 낙엽, 가지산의 상고대, 덕유산의 설경 등은 지금도 눈에 선하다.

계곡의 빼어남도 마찬가지다. 설악산의 십이선녀탕계곡, 점봉산의 주전골, 청학동소금강, 지리산의 뱀사골, 청하골의 12폭포 등은 몇 번을 다녀와도 또 가보고 싶은 곳이다. 그 외에도 자랑을 빠뜨려서 섭섭하게 여길 산과 계곡이 한두 군데가 아니다.

아직도 오르고 싶은 산이 많다. 더 늦기 전에 산행을 다시 해야겠다.

2006년 가을

PART

도 / 시 / 의 / 자 / 연

01
하늘에 올라가야지

동심을 찾아서

수평선과 하늘은 입술같이 언제나 맞닿아 있다.
해도 수평선에서 하늘로 올라간다.

수평선은 우리 집에서 그리 멀지 않은 곳에 있다.
나도 배를 타고 수평선에 가서 하늘에 가보고 싶었다.

어느 날 할머니에게 하늘에 올라가자고 졸랐다.
할머니는 한 번 올라가면 다시 돌아오기 어렵다고 했다.

하늘에서 살면 엄마가 몹시 보고 싶을 것 같았다.
그 후로는 하늘에 가자고 조르지 않았다.

02

화류청산이 울고 있다

    관악산에 부슬비가 내린다. 나무와 풀, 바위에서 떨어지는 물방울이 모두 눈물 같다. 활짝 핀 진달래꽃도 슬픔이 가득하다. 산 중턱에 걸려있는 구름 조각들도 떠날 생각을 하지 않는다. 화류청산(花流靑山)이 깊은 수심에 잠겼다.

    화류청산은 관악산 정상에서 동북쪽으로 길게 뻗어 내린 주 능선에서 다시 서북쪽으로 한가롭게 늘어진 가지 능선이다. 산줄기는 그리 길지 않아도 명산의 조건을 두루 갖추었다. 산줄기 끝자락에는 개나리, 진달래, 철쭉, 아카시아가 군락을 이루었고, 중간 능선에는 소나무가 울창하다. 위쪽 능선에는 다양하게 생긴 바위들이 조화롭다. 좌우 계곡도 꽤 경치가 좋았다.

봄이 되면 화류청산(花流靑山)에 꽃이 물 흐르듯이 핀다. 제일 먼저 피는 꽃이 개나리꽃이다. 그 뒤를 따라 진달래, 철쭉, 아카시아, 산벚꽃 등이 연이어 흐드러지게 핀다. 여름에도 도라지, 꿀풀, 참나리와 같은 각종 야생화가 심심찮게 핀다. 특히 끝자락에 피었던 철쭉꽃은 다른 곳에서는 보기 드문 희귀종이었다.

이런 산이 수도 근교에 자리하고 있다는 것은 나라의 자랑이며 서울 시민의 축복이다. 백두산·금강산·묘향산이 명산이라 하지만 금단(禁斷)의 땅 이북에 있고, 설악산·지리산이 수려하고 웅장하나 수시로 찾아갈 수 없는 먼 거리에 있다. 거기에 비해 화류청산은 언제나 마음만 먹으면 찾아갈 수 있어 더욱 정이 간다.

내가 이 산자락을 처음 오른 것은 1987년이다. 그 전에는 군사 작전지역이라 해서 철조망을 쳐놓고 등산객의 입산을 통제했다. 아예

능선 입구에다 '지뢰 매설 지역'이라고 쓴 팻말을 꽂아둔 곳도 있었다. 등골이 오싹해서 감히 오를 수가 없었다.

등산을 허용한 후로는 주로 이 산줄기를 거쳐 정상까지 오르락내리락한다. 그동안 잊지 못할 추억도 한두 가지가 아니다. 무엇보다 등산을 계속할까 말까 망설이는 나를 자주 불러주어서 더욱 고맙게 생각한다.

그런 산자락을 얼마 전부터 서울대학교에서 무자비하게 잘라낸다. 체육관, 기숙사, 연구실 등을 짓기 위해서라고 한다. 빗발치는 반대 여론에도 아랑곳하지 않는다. 그런데 나 같은 범부(凡夫)의 울분이야 무슨 소용이 있겠는가. 최고 지성들의 안목이 의심스럽다.

관악산은 팔자도 기구한 산이다. 일찍부터 풍수지리 학자들에게 조산(祖山) 또는 화산(火山)이라고 낙인이 찍혀서 오랜 세월 동안 홀대를 받아왔다. 조선 개국 때는 관악산 때문에 궁궐의 방향을 놓고 논란이 많았다고 한다. 개국 일등공신 정도전은 남향(南向), 무학 대사는 동향(東向)을 고집했다고 한다.

그 후 왕궁에 크고 작은 화재가 일어나면 으레 관악산이 도마 위에 올랐다고 한다. 산꼭대기 못미처 반석에 있는 작은 웅덩이도 화기를 억누르기 위하여 그 시절에 인위적으로 만들었다고 한다. 일설에 의하면 거북바위도 비슷한 경우라고 한다.

요즈음에는 첨단 통신기지 건설로 산꼭대기가 잘려났고, 대학교 건설로 여러 산자락과 계곡이 흔적도 없이 사라져버렸다. 지난날 수려했던 풍경을 떠올리면 가슴이 아린다.

서울의 산수는 **빼어나게** 수려하다. 외곽을 감싸고 있는 북한산, 도봉산, 관악산, 수락산, 불암산, 북악산, 인왕산 등은 한 폭의 산수화다. 산마다 귀한 역사의 흔적이 남아있고, 가는 곳마다 선인들의 숨결 소리가 들리는 듯하다. 도심을 굽이굽이 가로지르고 있는 한강도 세계인이 부러워하는 우리의 젖줄이다.

　이런 천혜의 자연을 무차별 훼손한다는 것은 두고두고 후회할 일이다. 자연은 한 번 망가지면 영원히 복원되지 않는다. 먼 훗날 우리의 후손들이 이 사실을 안다면 먼저 간 선인들을 얼마나 원망할까.

　가까운 숲 속에서 산비둘기 한 마리가 슬프게 울고 있다. 그 소리가 마치 "내가 살던 정든 고향, 어디 가고 없어졌나. 애고 답답 내 신세야……." 하듯 들린다. 산자락 절개지에서 주룩주룩 흘러내리는 황톳물이 피눈물 같다. 계곡을 따라 굽이쳐 흐르는 물은 더욱 진하다.

1992년 봄

여의도의 낙엽

오늘은 겨울의 문턱이라 불리는 입동이다. 밤새도록 창문이 덜커덩덜커덩 하더니 기온이 영하로 뚝 떨어졌다. 날씨가 계속 포근해서 마냥 가을인가 했더니 절기의 본때가 만만찮다.

창밖을 내다보니 도로 가장자리와 인도에 밤새도록 떨어진 낙엽이 수북하게 쌓였다. 그 중에는 채 물들지 않은 푸른색 나뭇잎도 듬성듬성 떨어져 있다. 거리가 온통 낙엽 천지다.

올해는 가로수마다 단풍이 눈이 부시도록 곱게 물들었다. 20여 년 동안 여의도에 살면서 그처럼 화려한 빛깔은 처음이었다. 그런 나뭇잎이 간밤에 7할이나 떨어졌다. 못내 아쉽다. 그러나 낙엽이 쌓인 거리의 운치도 단풍 풍경에 못지않다.

적절한 시기에 한파가 나무들을 흔들어 준 것이다. 만약 어젯밤에

비라도 내렸다면 낙엽은 도시의 흉물로 전락했을 것이다. 자연의 섭리를 거역하지 않고 순순히 떨어진 나뭇잎의 순리가 감동적인 계절이다.

나뭇잎은 봄부터 가을까지 생태계에 많은 혜택을 베풀어준다. 그리고 자기가 맡은 소임을 다하면 미련 없이 떨어진다. 훗날을 위한 철저한 헌신이다. 땅에 떨어졌다고 모든 것을 포기한 것이 아니다. 겨울 동안은 뿌리의 이불이 되어주고 봄이 돌아오면 썩어서 자양분이 되어준다.

사람도 단풍과 같이 곱게 물들었다가 어느 날 낙엽과 같이 미련 없이 떨어진다면 얼마나 좋을까. 그러나 내 눈에는 나무의 다양한 모양과 나뭇잎의 빛깔만 보일 뿐. 나무가 지니고 있는 본질적(本質的) 속성(屬性)은 가슴에 잘 와 닿지 않는다.

꽤 우둔한 모양이다. 생명의 은인이며 철리(哲理)의 스승인 나무가 항상 옆에 있는데도 눈만 즐거울 뿐 마음의 곳간은 항상 텅 비어있다. 아침마다 창문을 열고 맑은 공기를 마시면서도 그 고마움을 잊고 산다.

내가 살고 있는 아파트 바로 옆에는 10차선 도로가 반듯하게 국회로 향하고 있다. 도로 가에는 인도를 가운데 두고 양쪽에 플라타너스나무와 은행나무가 한 그루씩 번갈아 가며 나란히 서 있다. 나뭇잎이 무성할 때 이 길을 걸어가면 하늘이 잘 보이지 않는다. 도심에선 보기 드문 정경이다.

이 아파트로 이사를 오던 20년 전에는 가로수의 키가 2층에도 미치지 않았다. 그러나 지금은 그 우듬지가 내가 살고 있는 8층에서도 손에 잡힐 듯하다. 힘차게 쭉쭉 뻗어 오르는 가로수들이 가끔 부러울 때가 있다.

우리 아파트는 자동차 소음, 오토바이 굉음, 데모대의 함성 등으로 하루도 조용한 날이 없다. 때로는 이사를 하고 싶은 마음이 굴뚝 같다. 그 때마다 봄, 여름, 가을까지 이어지는 나뭇잎의 아름다운 변화와 조화로운 빛깔을 바라보면서 위안을 삼는다.

서둘러 아내와 함께 카메라를 들고 집을 나섰다. 여의도 백화점이 있는 후문 쪽에 이르니 샛길 2차선 도로와 인도에 은행나무 낙엽이 자욱하다. 마치 황금 주화를 잔뜩 뿌려놓은 듯하다. 국회로 향한 큰 길가에는 넓적넓적한 플라타너스 낙엽과 은행나무 낙엽이 함께 무더기로 떨어져 있다. 옷깃을 세우고 낙엽을 툭툭 차며 걸어가는 청년이 철학자 같다.

늦기 전에 풍경 하나하나를 카메라에 담았다. 그 때 갑자기 청소부 아저씨들이 나타나서 사정없이 낙엽을 쓸어 모은다. '싹싹' 비질 소리가 꽤 귀에 거슬린다. 무심결에 속없는 말을 한마디 하고 말았다.

"아저씨, 그 낙엽 하루 이틀 그냥 두시면 안 됩니까."

"뭐요! 이 양반 팔자 좋은 소리하시네." 하며 퉁명스럽게 쏘아붙인다.

그렇다. 저 분들에게는 일 년 중에 제일 힘든 계절이다. 하루도 아니고 한동안 저 일을 반복해야 하니 얼마나 귀찮은 존재인가.

그러나 오늘과 같은 낙엽은 산에서도 쉽게 볼 수 있는 풍경이 아니다. 많은 사람들이 이 귀한 정경을 하루 이틀 감상한다면 정신 건강에 얼마나 좋을까. 꽃, 신록, 단풍, 설경과 같은 계절의 장관은 그

매력만큼이나 수명이 짧기 때문에 아차! 하는 순간에 황금 같은 기회를 놓쳐버린다.

자연의 장관은 잠깐이라 해도 평생 동안 눈에 아물거린다. 설악산의 단풍과 운해(雲海), 지리산에서 본 일출, 발교산의 신록, 가지산 상고대, 영남알프스 억새초원, 덕유산 설경, 보개산의 침엽수 낙엽…….

이와 같은 풍경은 아직도 눈에 선하다. 외롭고 울적할 때 사진첩을 넘기며 이들 풍경을 감상하면 마음이 한결 편안해진다.

수년 전부터 이때가 되면 보다 높고 깊은 산을 찾아가는 이유도 낙엽 때문이다. 양지바른 산비탈에서 활엽수 낙엽을 바스락 바스락 밟고 지나가면 머리가 맑아지고, 산골짜기에 그득하게 쌓인 낙엽을 헤치고 지나가면 어린이같이 한바탕 뒹굴고 싶다. 그리고 도톰하게 쌓인 침엽수 낙엽을 뽀드득 뽀드득 밟고 지나갈 때는 폭신한 양탄자 위를 걷는 기분이다.

썰렁썰렁 부는 바람이 옷깃을 여미게 한다. 아직도 우수수 떨어지

는 낙엽이 퍼레이드 위에 떨어지는 색종이 같다. 내일은 높고 깊은
산에 가서 마음껏 낙엽을 밟으며 유종의 미를 음미해야겠다.

1998년 가을

04
개기월식

오늘은 음력 유월 보름, 141년 만에 가장 긴 개기월식이 있는 날이다. 앞으로 천 년 후에나 다시 볼 수 있다는 기록적인 명암(明暗)의 엇갈림이라 한다. 놓쳐서는 안 될 세기적인 달의 대 파노라마다.

천 년은 짧은 세월이 아니다. 옛날 그 시대의 역사를 살펴보면 밖으로는 해적 바이킹이 유럽 해안 국가들을 공포에 떨게 했고, 안으로는 삼국을 통일한 고려가 국난과 거란의 만행으로 어려움을 겪던 시기였다. 그렇다면 천 년 후에는 세상이 어떻게 달라질까?

지금의 우주산업이 멈추지 않고 발전을 거듭한다면 우주 개척의 쾌거가 예상된다. 그 때가 되면 미지의 행성에 정착한 후세들이 오늘 밤 우리와 같이 지구를 달처럼 구경할지도 모른다.

이른 아침부터 천체 전문가들과 달을 좋아하는 사람들은 대부분 관측 장비를 챙겨서 높은 산을 찾아 집을 떠났다. 그런데 잠시 전 뉴스에 연일 계속되는 장마 때문에 전국적으로 달을 볼 수 없다고 전한다. 다행스럽게도 내 고향 동해 남부 지방에서는 구름이 별로 많지 않다.

해가 뉘엿뉘엿할 무렵이다. 개기월식을 구경하기 위하여 마당에다 돗자리를 펴고 다과상을 준비했다. 극성스러운 모기 때문에 모깃불도 피웠다. 오후보다 세력이 한결 약해지긴 해도 잔잔하게 불어오는 동남풍이 꽤 시원하다. 바람에 밀려오는 오존 냄새도 물씬물씬하다.

날이 어두워지자 중천에 뜬 달이 휘영청 밝다. 장마 중 일시 맑음이라 '구름에 달 가듯이' 달과 구름의 숨바꼭질이 숨 가쁘다. 오랜만에 달구경을 하니 잊었던 동심이 되살아난다.

요즈음 사람들은 전기와 자동차 때문에 달빛의 고마움을 잘 모른다. 그러나 내 어린 시절 농어촌에서는 전기와 자동차도 없었다. 그래서 달이 없는 캄캄한 밤에는 무서워서 밤 나들이를 가급적 하지 않았다. 가끔 불가피한 사정으로 십 리가 넘는 읍내까지 밤길을 걷기도 했는데, 달이 없을 때는 옷이 식은땀에 흠뻑 젖었다.

그 시절 어촌의 해안 길 주위에는 해송(海松)이 곳곳에 즐비했다. 그래서 어두운 밤에는 무척 음산했다. 철썩철썩하는 파도 소리와 야산에서 들려오는 노루, 부엉이 우는 소리는 소름을 끼치게 했다. 날씨가 궂은 날 밤에는 으슥한 바닷가에서 귀신이 나온다고 했다.

그러나 달 밝은 밤에는 많은 추억을 만들었다. 어릴 적에는 술래잡기, 군인놀이 등을 즐겼고, 이웃 마을 친구들 집 나들이도 이때를 놓치지 않았다. 그 때마다 달은 귀찮지도 않은지 가는 곳마다 꼬박꼬박 따라다녔다. 지금도 그 시절을 생각하면서 달을 쳐다보면 여전히 토끼 두 마리가 계수나무 아래서 떡방아를 찧고 있는 듯하다.

달은 밤 8시 57분부터 지구 그늘에 의해서 왼쪽부터 가려지기 시작했다. 그리고 10시 2분부터 달이 완전히 가려지는 개기월식에 들어갔다. 캄캄한 어둠의 시간은 자정이 가까운 11시 49분까지 장장 107분간 이어졌다.

둥근 달이 점점 이지러지면서 달빛이 어스름해지자 정적이 감돌며 삼라만상이 깊은 수심(愁心)에 잠겼다. 멍멍거리던 개 짖는 소리도 들리지 않았다. 다만 모깃불에서 피어오른 그윽한 쑥 향기만 어둠을 맴돌며 졸음을 흔들어 주었다.

그러나 달이 조금씩 모습을 드러내자 새로운 세상이 열리는 듯했다. 그믐달, 초승달, 반달, 보름달을 단시간 사이에 차례로 본다는 것은 쉬운 일이 아니다. 오늘 밤에는 둥실둥실 떠가는 구름도 달빛의 조명을 받아 더욱 황홀하다.

어둠을 밝혀주는 달빛의 고마움이 새삼스럽다. 전기가 제아무리 밝고 편리하다 해도 세상을 전부 밝힐 수는 없다. 공전과 자전의 원리는 인간이 감히 넘볼 수 없는 대자연의 위대한 섭리다. 달의 운행과 영향력은 언제나 신비스럽고 경이롭다.

지구 그늘에서 완전히 벗어난 달은 무엇이 그리도 좋은지 싱글벙글 환하게 웃으며 수심에 찬 바다에 은빛 다이아몬드를 잔뜩 뿌려놓는다. 바위에 부서지는 파도 소리가 더욱 정겹게 들린다.

　달은 107분간 지구 그늘에 숨어서 무엇을 했을까? 141년 동안 헤어졌던 임을 만나 쌓이고 쌓인 회포를 풀었을까. 아니면 천년 후에 다시 만날 임에게 여러 가지 당부의 말과 변함없는 사랑을 다짐했을까. 구름이 비켜날 때마다 달빛이 교교(皎皎)하다.

2000년 여름

05
심통이 할아버지

동심을 찾아서

하늘에 심통이 할아버지가 살고 있었다.

먹구름이 용틀임을 치면 할아버지는 할머니와 싸움질을 했다.

할아버지께서 몹시 화가 나시면 연신 장롱을 내동댕이쳤다.

와지끈, 와지끈……. 장 부서지는 소리〈천둥소리〉가 요란했다.

그 소리에 겁이 나서 방구석에서 몸을 웅크렸다.

하늘 할머니는 울분과 서러움을 참지 못해서,

닭똥 같은 눈물〈소나기〉을 하염없이 쏟아 부었다.

할머니의 눈물은 강물이 되어서 바다로 바다로 흘러갔다.

화가 나신 할아버지는 담뱃대를 물고 부싯돌로 거푸거푸 불을 켰다.

번쩍번쩍하는 불티〈번개〉가 초가지붕을 태울까 겁이 났다.

심통이 할아버지가 순사보다 더 무서웠다.

06
은행을 줍는 즐거움

어젯밤에는 비가 내리고 바람이 스산하게 불었다. 늦은 밤까지 창문이 덜커덩거리면서 빗소리가 멈추지 않았다. 여름이 떠나가는 소리다. 정든 임과의 이별도 아닌데 마음이 쓸쓸해서 잠을 설쳤다.

아침 일찍 국회로 향한 대로 옆 인도를 걸었다. 가로수 아래에 은행이 떨어져서 수두룩했다. 그것들을 하나 둘 줍기 시작했다. 잠시 후 이 나무 저 나무 아래에서 주운 은행이 비닐봉지에 가득했다.

지나가는 젊은이들은 내 모습이 이상한지 힐금힐금 쳐다보았다. 그러나 은행을 줍는 마음은 이미 풍경 소리 은은한 깊은 산사에 있었다. 지나가는 차 소리도 나무에 스치는 바람 소리 같았다.

그 때 불청객이 나타났다. 초로(初老)의 여인이 걸음을 멈추고 내 옆에서 허둥지둥 은행을 줍기 시작했다. 그득한 내 봉지가 부러운지? "아저씨, 오늘 수입이 짭짤하시네요." 하며 손놀림이 더욱 바빴다. 그렇다. 시장에서 이 정도 사려면 몇만 원은 주어야 될 것 같다. 그러나 이재(理財)를 위해서가 아니다. 나이와 더불어 찾아온 천진함 때문이다.

어린 시절이다. 나는 계집애란 핀잔도 아랑곳하지 않고 바닷가에서 예쁜 돌멩이와 조개껍데기를 줍고, 개울에서는 미꾸라지, 올챙이, 가재 등을 잡아서 병에 담아왔다. 봄이 되면 연이어 피는 꽃을 꺾어 와서 꽃병에 꽂았고, 산과 들에서는 나물과 쑥을 뜯어왔다. 그때의 즐거움이 바로 오늘 같았다.

은행을 들고 집에 돌아오니 아내가 무척 반가워했다. 그리고 한마디, "당신도 늙기는 늙었구려." 하며 받아들었다. 그렇다. 부끄러운 줄도 모르고 10차선 대로 옆에서 은행을 줍는다는 것은 놀라운 변화다. 불과 몇 년 전만 해도 어림없는 행동이다.

달라진 것은 이뿐만 아니다. 요즈음은 텔레비전에서 드라마를 보다가도 자주 눈물을 찔끔거린다. 비가 오든지 날씨가 흐리면 쓸쓸해지고, 자식들이 말대꾸를 할 때는 하늘이 무너져 내리는 듯하다. 나이 탓인 것 같다.

은행 껍질을 벗기는데 냄새가 고약하다. 당장 내다 버리고 싶었다. 그러나 잠시 후에 아내가 볶아온 은행을 먹으니 쫀득쫀득한 맛이 일미다. 겉과 속이 너무 대조적이다.

우리의 심성(心性)도 은행을 닮은 것 같다. 누구나 성격의 핵심인 인간성(人間性)은 깊은 마음속에 있다. 그래서 수년을 사귀어도 그 사람의 진정한 심중(心中)을 헤아리기가 쉽지 않다.

나도 젊었을 때는 주로 겉모습과 언행(言行) 정도만 보고 사람의 됨됨이를 가늠했다. 그런 판단력 때문에 마음의 상처와 경제적 피해를 많이 입었다. "열 길 물속은 알아도 한 길 사람의 마음속은 알 수 없다."라는 옛말이 있다. 물론 사람을 꿰뚫어보는 이성적(理性的) 능력만 있다면 염려할 것 없다. 그러나 섣부른 잣대로 인간성을 판단하는 것은 자칫 불행의 동기가 될 수 있다.

세상에는 이런 사람들도 우리와 함께 살고 있다. 신의(信義)를 헌신짝같이 여기는 사람, 위선과 허구를 서슴지 않는 사람, 돈이라면 양심(良心)도 파는 사람, 겉과 속이 다른 사람, 달면 삼키고 쓰면 뱉는 사람……

은행의 맛을 음미하면서 나무의 특성도 주의 깊게 살펴보았다. 은행나무는 하늘로 곧게 치솟은 그 기개가 일품이다. 고상하게 생긴 잎과 가을철 곱게 물든 단풍은 미색의 으뜸으로 꼽고 싶다. 나무도 재질이 좋아서 예로부터 고급 가구의 제재로 쓰여 왔으며 열매는 명가의 후식으로 인기를 누려왔다. 요즈음은 잎까지 좋은 약재로 쓰이고 있으니 나무 중의 나무라 하겠다.

이 귀한 나무가 여의도의 가로수로 즐비한 것은 자랑거리다. 아직도 나무마다 노랗게 익어 가는 은행이 주렁주렁하다. 9월이 빚어놓은 여의도의 진풍경이다. 사람이 밟고 지나간 열매에서 냄새가 진동한다. 하지만 은행이 나무에서 다 떨어질 때까지 나는 마냥 즐거울

것 같다.

"메뚜기도 유월이 한철이
다."라고 한다. 이런 기회
가 날마다 있는 것이 아니
다. 앞으로 이삼 일이 고비
가 될 것 같다. 그동안 부지
런히 주워서 친지, 이웃에
게 조금씩 나누어주면서 은행에 담긴 참뜻을 전해야겠다.

자정이 지났다. 또 바람이 창문을 흔들어 댄다. 우두둑 우두
둑……. 은행 떨어지는 소리가 귀에 들리는 듯하다. 내일 아침에도
일찍 일어나야겠다.

2001년 늦은 여름

07
여의도 샛강의 오월

요즈음 여의도 샛강에 생명의 환희가 넘친다. 가장 눈길을 끌고 있는 것은 흰뺨검둥오리 새끼들의 세상 나들이다. 지난 오월 초순부터 알에서 깨어난 새 생명들이 꽤나 많다. 어림잡아 백이 넘는 대가족이다. 벌써 어떤 새끼들은 푸드덕푸드덕 날갯짓을 한다. 날마다 어미 새들의 사랑과 보살핌이 지극하다.

며칠 전부터 굵직굵직한 잉어들도 꼬리에 꼬리를 물고 상류로 거슬러 올라가고 있다. 산란(産卵)을 위해서다. 암컷 한 마리 뒤에 수컷 두세 마리가 따라 가는 데 그 길이가 좋이 일이 미터는 된다.

물이 마른 강바닥 숲이나 풀밭에서도 참새, 붉은머리오목눈이와 같은 텃새들이 짝짓기, 산란, 부화 등으로 분주하다. 심지어 어디서 어떻게 날아왔는지 꿩, 뻐꾸기도 사랑의 노래를 열심히 부른다.

샛강은 자동차 소음이 요란하고 사람들의 발길이 빈번한 곳이다. 그리고 공기와 수질도 다른 곳보다 좋지 않다. 생활환경이 여기보다 좋은 밤섬이 멀지 않는 곳에 있다. 그런데도 굳이 이곳에 찾아와서 알을 낳고 새끼를 키운다. 연어와 같이 여기가 누대(累代)에 걸쳐 살아온 저들의 태생지라 여겨진다.

40여 년 전까지도 여의도와 밤섬은 새들과 물고기들의 낙원이었다. 그 당시 두 섬의 풍경은 때가 묻지 않은 순수 자연 그대로였다. 지금의 여의도 풍경과는 아주 대조적이었다.

한때 샛강마저도 도시개발에 밀려 영영 사라질 뻔했다. 그랬던 강이 다시 살아난 것은 1997년 9월, 서울시가 생태공원을 조성한 이후부터다. 그 후 자연스럽게 먹이사슬이 형성되면서 많은 동식물이 제자리로 돌아왔다. 괄목할 만한 성과다.

요즈음의 여의도는 샛강뿐만 아니다. 가는 곳마다 자연의 숨결 소리가 출렁인다. 아침에 집을 나서면 까치, 동고비, 참새, 박새들도 다투어 사랑의 노래를 부른다. 발길을 멈추고 눈여겨보면 애무의 몸짓이 정열적이다. 그것들도 곧 새 식구를 거느리고 나들이를 할 것 같다.

가로수와 정원수도 마찬가지다. 연둣빛 여린 잎들이 바람에 살랑대며 재롱이 한창이다. 영산홍, 철쭉, 라일락, 오동나무는 벌써 꽃봉오리를 터뜨렸다. 가끔 발길을 멈추고 눈여겨보면 '소곤소곤' 저들끼리 나누는 사랑의 밀어가 귀에 들리는 듯하다. 날마다 소음과 매연에 시달려서인지 자연의 고마움이 더욱 절실하게 느껴진다.

오늘도 서너 마리의 어미오리가 갓 깨어난 새끼들을 데리고 둥지에서 나왔다. 아장아장 어미를 따라가는 모습이 앙증맞고 기특하다. 겁도 없이 이 미터 남짓한 언덕 위에서 어미를 따라 강물로 뛰어내릴 때는 아찔아찔하다. 그래도 한 마리의 낙오자도 없이 어미로부터 삶의 지혜를 터득한다.

흐르는 물살을 가르며 일사불란하게 어미를 따라 움직이는 모습은 늘 발걸음을 멈추게 한다. 어제오늘 둥지에서 나온 어린 것들은 제법 자란 새끼들과 달리 경계가 더욱 철저하다. 사람이 가까이 다가가면 어미의 암시를 받아서 갈대나 풀숲에 꽁꽁 숨어버린다. 놀라운 생존 본능이다.

어미 새의 모성도 지극 정성이다. 날마다 황조롱이, 고양이, 족제비와 같은 포식자들이 주위에서 호시탐탐 새끼들을 노리고 있다. 위험에 처하면 혼자라도 도망칠 것 같은데 새끼들 보살핌에 생사를 초월한다.

이렇듯 오월의 여의도 샛강은 산란(産卵)과 소생(蘇生)으로 생동과 환희가 넘친다. 특히 흰뺨검둥오리의 헌신적인 모성은 날마다 가슴을 뭉클하게 한다.

2002년 5월

08

향나무를 심으며

따사로운 봄기운이 정원의 일손을 부추긴다. 어제부터 부지런히 일을 했는데도 여전히 할 일이 많이 남았다. 오늘은 먼저 향나무 한 그루를 우물가 작은 텃밭에 심었다. 늘 벼르던 일이라 마음이 개운하다.

몇 해 전이다. 나는 큰맘 먹고 그 자리에 있던 향나무를 베어 버렸다. 톱으로 쓱쓱……. 나무를 벨 때다. 나무가 톱날을 물고 늘어지는지 아니면 내가 기운이 부족해서인지 톱질이 수월하지 않았다. 점점 팔이 아프고 숨이 가빠졌다. '우지끈' 하고 쓰러질 때는 가슴이 철렁했다. 그 후 한동안 마음이 편치 않았다.

나무도 감정이 있고 적을 물리칠 수 있는 방어력이 있다고 한다. 그렇다면 톱질을 할 때 살기 위한 몸부림이 오죽했을까. 그리고 나를 얼마나 원망했을까. 쓰러져 있는 나무가 몹시 안쓰러웠다.

그 나무는 40여 년 전 입대(入隊)할 때 기념으로 심은 나무였다. 마을 뒷산에서 캐다 심었는데 그 때 나무의 키는 고작 두 뼘 정도였다. 처음 한두 해는 새로운 땅과 환경에 적응하지 못해서 잘 자라지 않았다. 그러나 그 고비를 넘기자 무럭무럭 성장했다.

우물가 텃밭에 삶의 터를 잡아준 것은 물맛이 좋아진다는 이유 때문이었다. 나의 고향은 이웃 마을과 달리 물맛이 좋지 않았다. 명절, 잔치와 같은 경사스러운 날에는 먼 곳까지 가서 물을 길어다 썼다. 그랬는데 향나무가 자라면서 물맛이 한결 좋아진 듯했다. 그리고 나무 가까이 가면 향기도 꽤 은은했다. 차례나 기제사가 돌아오면 으레 그 나무의 일부분을 분향으로 썼다. 기념 촬영의 배경으로도 자주 이용했다. 없어서는 안 될 정원수로 자리매김을 했다.

그런데 오륙 년 전부터 휘어진 굵은 원줄기와 우듬지가 지붕을 짓누르기 시작했다. 설마 했는데 해가 거듭 될수록 지붕의 피해가 심각했다. 더 이상 망설일 수가 없었다. 어릴 적에 바로잡아 주지 못했던 것이 결정적 화근이 되고 말았다.

나무뿐만 아니다. 어린이의 나쁜 버릇도 제때 바로잡아주어야 한다. 그대로 두면 못된 버릇이 되어 장래를 그르치게 한다. "세 살 적 버릇이 여든까지 간다."라는 말이 있다. 귀한 자식이라고 애지중지 오냐오냐만 하다가 스스로 부목의 기회를 놓쳐버리는 경우가 더러 있다.

향나무는 베어졌지만 그 그루터기는 오랫동안 남아 있었다. 다른 나무들을 위한 좋은 흔적이었다. 그 후로는 한 그루의 나무도 그르치지 않았다. 아무리 치욕적이고 쓰라린 발자취라 하더라도 함부로 잊어버리고 지워버릴 일이 아니다. 가끔 잘못된 과거를 되새겨보고 그 기록이나 흔적을 탐방(探訪)하면서 스스로 자만심과 방심을 경계해야 한다.

사라졌던 친구가 다시 돌아온 정원에 조용히 기쁨의 물결이 출렁인다. 제일 먼저 반기는 나무는 주목과 사철나무다. 두 나무는 어머니께서 겨울이 되면 향나무만으로는 정원이 너무 썰렁하다며 추가로 심은 나무다.

살아생전 어머니는 시장에서 마음에 드는 묘목이 있으면 꼭 사다 심으셨다. 묘목을 살 때마다 이웃 사람들로부터 "그 돈으로 고기나 사다 먹지 나무를 심으면 밥이 생겨 돈이 생겨……."라고 핀잔을 들었다고 하셨다.

꽤 넓은 땅에다 상추, 배추, 고추와 같은 채소를 가꾸지 않고 나무와 꽃을 가꾸게 된 것은 타고난 심성 탓도 있었겠지만, 그보다 더 깊은 뜻이 담겨 있었다. 어머니는 30살도 채 되기 전에 가장이 되었다. 남다른 의지와 신념이 아니고서는 두 남매를 키우며 홀로 삶을 지탱하기가 어려웠다.

어머니는 늘 정원의 식물들이 나를 지켜준 친구이며 은인이라고 말씀하셨다. 특히 상록수와 선인장을 보살필 때는 깊은 감화(感化)를 받았다며 그 어느 식물보다 보살핌이 각별하셨다.

그렇다. 상록수는 북풍한설에도 굴하지 않은 의지력과 초록을 잃지 않는 절개가 있다. 선인장 역시 박토에서 폭염과 가뭄을 극복하고 살아가는 강인한 생명력이 인상적이다. 특히 연한 몸에서 돋아난 가시는 그 어떤 적도 두려워하지 않는다.

일찍이 마당에다 텃밭도 아닌 정원을 만들어 나무와 꽃을 가꾸고, 거실과 토방에 20여 종류의 선인장을 가꾸신 어머니의 깊은 뜻을 새삼 헤아린다. 지금은 아무도 살지 않는 빈집에 각종 화초와 새들만 살고 있다. 이제는 그것들이 곧 주인이며 친구다. 정원에서 일을 할 때마다 모정(母情)의 여운(餘韻)이 가슴을 채운다.

어느 결에 서산마루에 석양이 황홀하다. 다시 심은 향나무에 부목을 해준 다음 물을 흠뻑 주었다. 제법 당차고 의젓해 보인다. 어디서

그리운 어머니의 말씀이 환청이 되어 들려온다. "얘야, 보기가 참
좋다…… ."

09
왕대의 기사회생

    썰렁한 정원에 기적이 일어났다. 죽은 줄로만 알았던 왕대들이 다시 살아나고 있다. 아파트 경비 아저씨들이 톱으로 베려는 것을 며칠 만 더 기다려 보자고 한 것이 이삼 일 전이다. 강인하고 끈질긴 생명력이 끝내 기대를 저버리지 않았다.

    지난겨울 어느 날 밤에 폭설이 내렸다. 자그마치 적설량이 30cm 정도. 아침에 일어나니 정원의 왕대들이 눈의 무게를 못 이겨서 모두 땅에 쓰러져 있었다. 그 위에는 눈이 켜켜이 쌓여 있었다. 그대로 두면 모두 얼어 죽어버릴 것 같아서 눈을 털어 주었다. 벌떡벌떡 일어난 왕대들은 연신 허리와 고개를 꾸벅거리며 사군자의 예의를 잊지 않았다.

그러나 하루 이틀 지나자 왕대들의 증상이 심상치 않았다. 시름시름 몸살을 하더니 이파리가 마르기 시작했다. 보름쯤 지나자 사색(死色)이 완연했다. 그러던 어느 날 경비 아저씨들이 보기가 흉하다고 대부분 베어버리고 겨우 이십여 그루만 남겨 두었다. 몹시 실망스러웠다.

대나무는 함부로 가볍게 볼 나무가 아니다. 무수한 식물 중에서 사군자 반열에 오를 정도로 지체 높은 나무다. 옛말에 "대나무는 바닷물이 얼 정도로 추워도 그 잎이 떨어지지 않으며, 쇠를 녹일만한 더위 속에서도 잎이 마르지 않는다."라고 했다. 왕대를 설중고죽(雪中苦竹)이라 부르는 것도 강인하고 끈질긴 생명력 때문이다. 그 정도의 몸살로 쉽게 죽을 나무가 아니다. 조금만 신중했더라면 기사회생하는 대나무를 보고 다들 얼마나 기뻐했을까.

예로부터 나무는 주로 땔감과 재목(材木)으로 쓰여 왔다. 그러나 요즈음의 아파트 정원수들은 공기 정화와 관상용으로 가치 기준이 보다 명확하다. 더구나 여의도에서 지조와 의지의 상징인 왕대밭을 구경하기란 쉬운 일이 아니다. 그런 대나무를 함부로 베어버린 것은 작은 실수가 아니다.

내가 이 아파트 2층으로 이사를 온 것은 작년 11월이다. 그 때 왕대들이 제일 먼저 눈길을 끌었다. 그렇다고 그것들이 전라도 담양의 왕대같이 하늘을 찌를 듯이 장대해서가 아니다. 비록 키와 몸집이 그 절반에도 못 미치나 강(剛), 청(靑), 직(直), 공(空), 준수

(後秀) 등의 미덕을 고루 갖추고 있었다. 그리고 무리를 이루고 살면서도 항상 적당한 거리를 유지하면서 질서가 정연했다. 나만 잘 살자고 이웃을 헐뜯고 해롭게 하지도 않았다. 서로가 서로를 의지하며 정답게 살고 있었다. 생태 하나하나가 군자다운 기상이며 품성이었다.

물론 아파트 정원에는 향나무, 주목과 같은 우수한 품종도 많다. 그래도 문만 열면 인사라도 하듯 코앞에서 일렁거리는 대나무들이 한결 정겨웠다. 그리고 겨울에도 푸름을 잃지 않은 굳센 의지가 친근감을 더해주었다. 그런 정다운 친구들이 졸지에 사라진 것은 마음에 작은 상처가 아니었다. 대나무가 사라진 겨울 정원은 더욱 쓸쓸하고 삭막했다.

다행스럽게도 남아있던 몇 그루가 생명을 되찾은 것은 새로운 희망이다. 하루가 다르게 생기를 회복하고 있는 대나무들이 대견스럽다. 그루터기만 남은 빈자리에도 여기저기에 새순이 돋아나고 있다.

기사회생하는 왕대들을 바라보니 무거운 삶이 한결 가볍게 느껴진다. 생활이 아무리 어렵고 고통스러워도 쉽게 포기하고 좌절할 일이 아니다. 누구에게나 한두 번의 실패와 역경은 있기 마련이다. 굳센 의지와 뚜렷한 신념만 있다면 오늘의 시련은 오히려 전화위복의 기회가 될 수 있다.

요즈음 나라 경제가 매우 어렵다. 날마다 실업자(失業者)와 실직자

(失職者)가 줄을 잇고 있다. 노숙자들도 지하도를 메운다. 어제도 내일이 창창한 젊은 실업가(實業家)가 사업 실패를 비관하여 스스로 귀한 생명을 접고 말았다. 기사회생하는 대나무를 볼 때마다 가슴이 더욱 아프다.

칠전팔기(七顚八起)란 말이 있다. 일곱 번 넘어지고 여덟 번 일어난다는 뜻이다. 한두 번의 실패는 비일비재한 사례다. "실패는 성공의 어머니다."란 속담도 있다. 오늘의 실패를 거울삼아 내일을 기약한다면 더 큰 성공을 이룰 수 있다. 사실 그런 사람이 한둘이 아니다.

기사회생한 대나무들이 하루가 다르게 생기를 되찾고 있다. 쑥쑥

솟아나는 죽순도 하늘을 찌를 기세다. 날마다 눈길을 팔지 않을 수
없다. 그 때마다 새로운 희망과 용기가 가슴을 채운다.

2002년 5월

10
여의도 공원의 단풍

여의도 공원에 단풍이 절정이다. 샛노란 은행나무, 주황색 벗나무, 빨간 단풍나무 나뭇잎마다 개성이 뚜렷한 미색(美色)이다. 놀라운 변화다. 아스팔트를 뒤집어엎고 조성한 것이 엊그저께 같은데…….

나뭇잎의 고마움이 새롭게 느껴진다. 봄부터 지금까지 연두, 초록, 검푸른 색으로 변화를 거듭하면서 우리의 눈과 마음을 늘 즐겁게 한다. 그리고 잠시도 쉬지 않고 신선한 공기를 내뿜는다. 이제는 그도 부족해서 영롱한 단풍과 달콤한 향기로 유종의 미를 장식하고 있다.

저물어 가는 가을을 붙들고 싶다. 꽃만 화무십일홍(花無十日紅)이 아니다. 단풍도 마찬가지다. 한 번 지고 나면 내년 이 때를 기다려야 한다. 그 때를 대비해서 철마다 단풍 스크랩을 만들어두었다가 가끔 펼쳐보지만 눈에 차지 않는다.

이곳 여의도 공원은 얼마 전까지도 우리나라 제일의 광장이었다. 5·16군사혁명 직후 정부가 다목적 용도로 만들었다. 주로 군사 퍼레이드와 종교, 정치, 노동 집회 장소로 쓰였으며 평일에는 자전거 타기와 롤러스케이트 장소로 이용되었다. 언젠가는 광란의 자동차 질주로 가슴 아픈 인명 피해도 있었다.

그 당시 나는 국회로 향한 대로 옆 아파트 8층에 살았다. 때문에 행사 예행연습이 있을 때마다 대형 확성기 소리에 새벽잠을 설쳤다. 때로는 데모대가 두들기고 지나가는 징, 꽹과리, 북소리가 요란했다. 군중들의 선동적인 노래와 함성은 귀청을 꽤 피곤하게 했다. 10차선 도로가 마비되고 문틈으로 최루탄가스가 스며들 때는 눈물과 콧물도 흘렸다. 특히 내가 사는 아파트는 행진의 저지선 바로 옆이라 더욱 짜증스럽고 불편했다.

그러나 요즈음은 환경과 분위기가 그 때와는 아주 대조적이다. 사라진 현수막을 대신해서 수백 종의 식물이 조화를 이루고 있다. 그 중에는 희귀종으로 알려진 백송과 장백송, 동요 속의 계수나무, 지팡이를 만들어 짚고 다니면 노인의 굽은 허리도 펴진다는 마가목도 있다.

계절마다 풍경도 다양하다. 봄이 되면 진달래, 벚꽃, 영산홍 등이 흐드러지게 핀다. 여름에는 시원한 녹음 속에서 매미들의 노래가 자지러진다. 지금부터 늦가을까지는 단풍과 낙엽이 장관이다. 겨울에도 가끔 앙상한 나뭇가지에 눈꽃이 아름답게 핀다.

공원은 현대 사회를 힘겹게 살아가는 도시인에게 건강의 요람이며 마음의 안식처이다. 여의도 공원은 끊임없이 연구 노력하는 많은 젊은이들에게 날마다 열정과 의욕을 북돋아준다.

세월이 거듭 될수록 여의도의 자연 환경이 몰라보게 좋아지고 있다. 이미 윤중로의 벚꽃과 국회의사당 주위의 봄 풍경은 명소로 손색이 없다. 그리고 도로가의 가로수와 아파트, 빌딩가의 정원수도 수준급에 이르렀다. 샛강의 생태 공원도 머지않은 날 큰 몫을 할 것 같다.

아름답고 깨끗한 자연 환경은 우리의 심신(心身)을 보다 곱고 살찌게 한다. 특히 나무는 무언의 스승이며 사색의 철학자이다. 그 어떤 경우라도 거짓을 행하거나 남에게 해(害)를 끼치지 않는다. 언제나 정직하고 헌신적이다. 정성껏 가꾸고 보살피면 나무의 덕을 보다 넉넉하게 누릴 수 있다.

여의도에는 국회의사당, KBS, MBC, SBS 방송국과 각종 금융기관이 한자리에 모여 있다. 이들 기관이 곧 나라의 발전과 번영을 선도(先導)하고 있다. 그래서 여의도의 자연 환경이 더욱 중요하다. 지성(知性)과 인성(人性), 창의력(創意力)과 사고력(思考力)에 이보다 더 좋은 조건이 없기 때문이다.

해거름이 되자 많은 사람이 단풍 구경을 나왔다. 모두가 표정이 밝고 명랑하다. 저마다 계절이 베풀어주는 은혜를 마음껏 즐기고 있다. 여기저기 사진을 찍는 사람, 두 손을 마주 잡고 다정하게 걷는 사람, 벤치에 나란히 앉아서 사랑을 속삭이는 연인들 하나같이 화기애애하다.

어느 결에 해가 서산에 기울고 있다. 지난밤에 내린 비 때문에 노을이 장관이다. 영롱한 단풍이 석양에 황홀하다.

2002년 가을

PART

인 / 연

01

굴뚝새

삼 년 전 어머니가 갑자기 돌아가셨다. 그 후 시골 집 정원에는 어디서 날아왔는지 굴뚝새 한 쌍이 정답게 살고 있었다. 가끔 고향에 가면 그 새들은 주인을 알아보는지 이 나무에서 저 나무로 살랑살랑 날아다니며 무척 반가워했다. 아무도 살지 않는 빈집에 그 새라도 살고 있으니 큰 위안이 되었다.

굴뚝새는 지혜와 힘, 행운을 가진 새로 알려졌다. 우화(寓話)에서는 새의 왕으로 불리기도 한다. 생활은 주로 얕은 숲이나 시냇가에서 한다. 겨울이 되면 혹간 민가에 내려와서 온기가 있는 굴뚝 근처 처마에 둥지를 틀고 사는 새도 있다. 새의 크기는 참새보다 약간 작고 색깔은 황갈색인데 이름이 주는 느낌과 달리 생각보다 곱고 예쁘다.

그 새들이 굳이 우리 집을 선택해서 둥지를 틀고 산다는 것이 신기했다. 때로는 어머니가 외로운 아들에게 보낸 사랑의 전령같이 느껴져서 친근감이 더해졌다. 아침이 되면 창가에서 '챳 챳' 하며 잠을 깨웠고, 정원에서 일을 할 때는 정겹게 지저귀며 주위를 맴돌았다.

그러던 새가 어느 날 떠나버렸다. 하루 이틀 지나면 돌아오리라 믿었는데, 이 년이 지난 지금도 소식이 감감하다. 어디로 갔을까? 경치 좋은 무릉도원을 찾아갔을까, 아니면 꽃향기 그윽한 룸비니 동산을 찾아갔을까. 그 새들이 보이지 않으니 어머니 생각이 더욱 간절하다.

어머니는 삼 형제의 막내며느리이면서도 시부모님을 모시고 종가를 지켰던 소문난 효부(孝婦)였다. 특히 병드신 조부모님에 대한 수발은 눈물겹도록 헌신적이었다. 이런 지극한 효심(孝心) 때문이었을까? 할아버지께서는 마지막 유언으로 어머니에게 "얘야, 고맙다. 네가 저승 올 때는 내가 마중을 나가마."라고 말씀하셨다.

젊었을 때는 마을 사람들에게 한글도 가르쳐 주었다. 그리고 춘향전이나 심청전과 같은 소설도 흥미진진하게 읽어 주었다. 이야기를 듣다가 열녀 춘향이가 "한 대요, 두 대요" 하고 태형을 맞을 때와 만고효녀 심청이가 두 손 모아 신령님께 빈 다음 인당수 푸른 물에 풍덩 뛰어 들 때와 같은 비극적인 대목에서는 어른들도 울었고 나도 따라 울었다.

그 시절 농촌에는 라디오와 텔레비전도 없었다. 그래서 호롱불 밑에서 밤이 깊도록 어른들의 옛날이야기에 귀를 기울였다. 한 발 앞서 가는 어머니의 소설 낭독은 요즈음의 영화나 드라마에 버금갈 정도로 인기가 대단했다.

어머니는 나무와 꽃도 무척 사랑했다. 집안에 빈터만 있으면 나무를 심고 꽃씨를 뿌렸다. 그 덕분에 지금도 고향집 정원에는 이른 봄부터 늦은 여름까지 매화, 목련, 벚꽃, 동백, 석류, 해당화, 장미, 모란, 수국, 도라지, 채송화, 봉숭아 등이 연이어 꽃망울을 터뜨린다. 그리고 가을이 되면 새까만 산초 향기가 담 너머까지 진동하고, 주렁주렁 매달린 대추가 빨갛게 익어간다.

어릴 적에는 살림살이가 비교적 넉넉하고 단란했다. 그랬는데 어느 날 불행의 먹구름이 밀려왔다. 내가 10살 때 갑자기 아버지가 돌아가셨다. 그 뒤를 따라 하늘같이 믿었던 할머니, 할아버지께서도 연이어 우리의 곁을 영영 떠나셨다. 불과 4년 사이에 평화스런 가정에 세 번이나 청천벽력이 떨어진 것이다. 끝내 어머니마저 몸져누우셨다. 때로는 생사를 넘나들기도 했다. 감당키 어려운 시련이었다.

졸지에 불행의 늪으로 뚝 떨어진 나는 한 가닥 남은 끈, 어머니마

저 놓칠까 봐 힘껏 부여잡고 하늘만 우러러보는 처지가 되었다. 그러나 그 끈은 실로 질기고 튼튼했다. 모진 비바람이 거세게 휘몰아쳐도 흔들리지 않고 끝까지 우리 오누이를 지켜주었다.

오래오래 사시리라 믿었던 어머니는 길지도 짧지도 않은 일흔네 해를 사셨다. 그리고 견우와 직녀가 일 년에 한 번씩 만난다는 칠석날 뿌리 깊은 정든 고향에서 마지막 눈을 감으셨다. 너무나도 황망한 임종(臨終)이었다.

어머니 가시는 길을 곁에서 지켜보니 생과 사의 갈림길이 지척이었고, 사람의 일생 또한 초맹*과 하나 다를 바 없었다.

그 날 밤은 하늘도 청명하고 별들도 쏟아질 듯이 초롱초롱했다. 마을 어른들은 저마다 "이 늙은이 정말 죽음의 복은 타고났어! 오늘 같이 좋은 날 그토록 사모하던 영감님 곁으로 갔으니 이보다 더한 복이 어디 있는가." 하시며 슬픔이 가득한 우리 가족에게 심심한 위로를 아끼지 않았다.

어머니 떠나신 후의 귀향은 늘 슬픔과 그리움으로 가득하다. 특히 해가 서산에 지고 땅거미가 들면 어둠과 함께 어머니 생각이 밀물같이 밀려온다. 그 때마다 머리 위에 걸려 있는 어머니 영정을 바라보면서 홀로 술을 마신다. 술이 거나하게 취하면 어머니 얼굴에 아들 걱정이 가득해 보인다. 밤이 점점 깊어 가면 드디어 두 눈에 눈물이 고인 듯하다. 나의 눈에도 눈물이 쏟아져 내린다.

고향의 밤! 어머니가 살아계실 때는 밀린 이야기를 주고받던 정담

의 밤이었는데, 지금은 불효자가 울고 가는 회한(悔恨)의 밤이 되고
말았다. 새삼 인생의 무상(無常)을 느낀다.

밤바람 소리가 스산하다. 툭툭……. 목련 잎 떨어지는 소리가 정
적을 흔든다. 벌써 무서리가 하얗게 내렸다. 혹시나 하고 둥지 근처
를 둘러보았다. 그러나 기다리는 굴뚝새는 돌아오지 않고, 멀리서
소쩍새 우는 소리만 애통하게 들려온다.

1998년 가을

---

*초맹 : 소 눈썹에 붙어사는 법계(法界)의 미물(微物)인데, 소가 눈을 한 번 끔벅이는 동
안이 한 생이다.

02
인연

　창문에 비친 달빛이 환하다. 창가에 다가서서 밤하늘을 쳐다보니 중천에 뜬 달이 휘영청 밝다. 임신한 새색시같이 배가 제법 불룩하다. 빙그레 웃는 모습이 참으로 온유하다. 쓸쓸한 마음이 한결 개운하다.

　오늘은 할아버지의 제48회 제삿날이다. 아내의 손에 하루 종일 물이 마르지 않는다. 정성껏 제상(祭床)을 차렸지만 정작 제사를 모실 후손은 우리 내외 단 둘 뿐이다. 하나뿐인 아들이 군에 입대했기 때문이다.

　분향재배를 마치고 잠깐 묵상을 할 때다. 멀리 일산에 살고 있는 조카가 제주(祭酒)를 들고 가족과 함께 찾아왔다. 갑자기 세명의 식구가 불어나자 썰렁한 집 안에 화기(和氣)가 넘친다.

조카는 혈연과 무관한 결의(結義) 형님의 아들이다. 불교에서는 "옷자락 한 번 스치는 데도 오백생의 인연이 있다."라고 말한다. 50여 년이나 형제의 도리를 다하고 살았으니 분명 평범한 인연이 아니다. 정분으로 따진다면 혈연보다 못할 것도 없다. 친손자 손녀들도 등한시하는 제삿날을 해마다 잊지 않고 참례한다.

양가가 가족 관계를 맺기 시작한 것은 어린 시절부터다. 서로가 외로운 처지라 맺은 결의(結義)인데, 그 연분(緣分)은 남들도 부러워할 정도다. 형님 내외는 서울에 살고 있는 나를 대신해서 십 수 년간 고향에서 어머니를 성심껏 모셨다. 어머니 역시 그들을 친자식처럼 아끼고 사랑했으며 어린 조카들도 친손자와 다름없이 애지중지 보살피며 키웠다. 혈연도 남보다 못한 집안이 허다한 세상인데, 우리 양가는 의형제지만 세월이 갈수록 정리가 도탑다.

3대 독자이신 할아버지께서는 슬하에 아들 세 명과 그 아래로 손자 다섯 명, 손녀 일곱 명을 두셨다. 적은 후손도 아닌데 해마다 기일이 돌아오면 참례하는 자손이 아무도 없다. 나의 외로운 숭사(崇祀)는 어쩌면 당연할지 모른다.

부모님은 삼 형제 중 막내이면서도 양친을 모셨다. 그 덕분에 나는 그 어느 손자 손녀보다 조부모님의 사랑을 듬뿍 받고 자랐다. 더구나 줄줄이 딸만 낳던 집안에 첫 손자로 태어나자 하늘이 점지한 가문의 기둥이라며 금이야 옥이야 했다.

어린 시절에는 조부모님의 제사를 집안 식구가 모두 모여서 정성껏 모셨다. 제사 다음 날은 마을 어른들과 친척을 모두 불러서 푸짐하게 음식을 대접했다. 그러나 어머님 돌아가신 후로는 못난 손자가 천리 타향에서 홀로 조촐하게 모신다.

별로 차린 것도 없는 데 종일 내내 분주하다. 음식과 과일 장만은 아내의 몫이지만 청소와 제상(祭床) 차리기는 내 몫이다. 뿌리 깊은 천주교 집안에 태어난 아내가 거부감 없이 늘 내 뜻을 따라주어서 감사한다. 물론 나도 30여 년 전에 영세를 받은 신분이지만 제사만은 고집스럽게 조상의 뜻을 따르고 있다.

본디 제사란 조상님께 음식을 바쳐 정성을 표하는 예절이다. 그리고 이 기회에 집안 부모 형제들이 한 자리에 모여서 조상의 얼을 기리고, 또한 화목을 도모하는 전래의 미풍양속이다.

그러나 지금은 예전과 사정이 많이 다르다. 면면히 이어 내려온 민족의 고유문화와 풍속이 선진화 물결에 밀려나고 있다. 제사라고 예외가 되지 않는다. 날마다 파생되고 있는 현란(眩亂)한 퇴폐적 문화가 우려스럽다.

할아버지 제사도 나 홀로 지낸지가 벌써 수년이 지났다. 때로는 누가 날짜라도 기억하고 전화라도 한 통 할까 하여 기다려보지만 감감 무소식이다. 이 모두가 나의 부덕이라 여겨 가슴속에 묻어버리지만 조상 앞에 죄스러운 마음은 금할 길이 없다.

해마다 잊지 않고 참례(參禮)하는 조카의 성의가 오늘 따라 더욱 뜨겁게 느껴진다. 정말 묘한 인연이다. 늦은 밤 "삼촌 잘 계십시오."

하며 떠나가는 조카의 승용차 뒷모습을 바라보고 서 있으니 눈시울
이 젖는다. 여의도에서 일산까지 가까운 거리도 아닌데…….

2000년 음력 2월 11일

03

눈 오는 날 아들을 기다리며

창밖에 함박눈이 펑펑 쏟아진다. 어느새 발목까지 쌓였다. 정원수와 가로수에 핀 눈꽃이 그림 같다. 아들이 돌아오면 함께 눈사람도 만들고 눈싸움도 하고 싶다. 그리고 윤중로를 걸으며 시린 한강도 구경하고, 이어서 여의도공원에 가서 장백송, 백송, 주목, 계수나무, 보리수나무, 능금나무 등이 꾸며놓은 설경도 보아야겠다. 돌아올 때는 눈의 무게를 못 이겨서 찌그러진 포장마차에 들려 소주도 한잔 나누고 싶다.

아침 일찍 K대학교에서 아들의 합격 통보를 받았다. 지난 연말 S대학교 특차에 불합격한 후 25일 만의 희소식이다. 그 동안 얼마나 마음 졸이며 기다렸던 결과인가. 조마조마하던 가슴에 송이송이 눈꽃이 핀다.

이번 수학능력시험에는 의외로 고 득점자가 많았다. 430점 만점자가 60명이 넘었다. 그 결과 만점 학생 S대학교 특차 탈락. 390점 이상의 고 득점자 일류 대학 특차 대거 불합격이란 이변을 낳았다. 기대에 부풀었던 많은 학생들이 실의에 빠져 한숨짓고 있다. 충격을 이기지 못한 한 학생이 또 귀한 생명을 접고 말았다. 해마다 우리네 자녀들이 겪는 참담한 현실이 너무 가슴 아프다.

녀석이 수학능력시험 공부를 다시 시작한 것은 군 복무를 마치고 돌아온 1999년 8월부터다. 입대하기 전에는 전공과목이 경영학이었다. 그러나 병영 생활을 하는 동안 진로에 대한 생각이 바뀌었다. 어릴 적부터 꿈이었던 교사가 되겠다는 것이다.

그렇다. 몸과 마음에 맞지 않는 옷을 입고 평생 동안 불편하게 산다는 것은 불행한 일이다. 그러나 현실은 개성과 소질을 고려할 정도로 여유롭지 않다. 많은 학생과 학부모들은 합격이라면 진자리 마른자리 가리지 않는다. 때문에 아까운 인재들이 울며 겨자 먹기로 취향과 거리가 먼 분야에서 학업을 마치고 있다. 이는 자신만의 불행이 아니다. 나라의 장래를 위해서도 크나큰 손실이다.

사람들은 저마다 소질과 취향이 다르다. 특히 예술과 체육은 천부적 소질이 없으면 성공하기 어렵다. 요즈음은 예전과 달리 예술과 체육도 국위 선양과 고 부가가치 직업으로 선망의 대상이 되고 있다. 개인이나 나라가 잘 되려면 누구나 소신껏 재능을 발휘할 수 있는 성숙된 사회적 분위기와 여건이 선행되어야 한다.

어쨌건 녀석의 진로 수정은 현명한 선택이 분명했다. 그렇지만 4년 동안 접어두었던 고교 공부를 다시 해서 뜻을 이루기란 쉬운 일이 아니었다. 자칫하면 얻는 것보다 더 많은 것을 잃어버릴 것 같아서 복학을 종용했다. 그러나 녀석의 결심은 요지부동이었다. 옛말에 "자식 이기는 부모 없다."라고 하듯이 결국 함께 힘을 모아 모험을 치르기로 했다.

그런데 처음 본 모의고사 점수가 300점에도 미치지 못했다. 가슴이 철렁했다. 그런 나를 보고 태연하게 "아빠 너무 실망 마세요. 첫술에 배가 부릅니까. 차차 좋아질 것입니다." 하며 오히려 위로했다. 그리고 목표를 향해 최선을 다했다. 공부하는 방법도 보다 능률적이고 지향적이었다. 때문인지 하루가 다르게 성적이 향상되었다. 드디어 본고사 직전에는 예상 점수를 무난히 돌파했다. 그리고 본고사 때는 보다 좋은 성적으로 소기의 목적을 달성했다. 놀라운 성과였다. 도대체 그런 저력이 어디에 숨어 있었을까.

사실 녀석에게는 좀 엉뚱한 기질이 있다. 태어날 때에도 바깥세상이 궁금하다고 미리 엄마 뱃속을 박차고 나왔다. 어쩔 수 없이 한동안 인큐베이터 안에서 세상의 쓴맛을 경험하며 엄마 품을 그리워할 수밖에 없었다.

그로 인해서 어린 시절에는 성장이 몹시 부진했다. 지능 발달도 늦어서 초등학교 저학년 때는 부모의 마음을 애타게 했다. 보다 못해 "이것도 못 하느냐!" 하고 야단을 치면, 손자를 금이야 옥이야 하시던 어머니께서 역정을 버럭 내시며 "얘가 바보냐, 좀 자라면 천재가 부럽지 않을 거야." 하시며 손자 편을 드셨다. 어머니의 선견은 가히 빗나가지 않으셨다. 지금까지 살아 계셨다면 "내가 뭐라고 했나." 하시며 얼마나 기뻐하셨을까.

녀석은 성격도 특이하다. 공부를 못한다고 나무라면 부끄러움은 커녕 싱글벙글 천하태평 여유만만하다. 무엇을 시켜도 짜증을 내는 예가 없다. 첫마디에 '예' 한다. 그래서 주위 사람들은 이름 대신 '태평양' 하고 부른다.

아파트 뜰에 설경이 아름답다. 대나무들이 눈의 무게를 못 이겨서 땅에 닿을 듯 휘어졌다. 보기가 딱해서 눈을 털어 주었다. 벌떡벌떡 일어난 대나무들은 고개를 연신 *끄덕거리며* 사군자의 예의를 잊지

않는다. 꼭 녀석의 어제와 오늘을 보는 듯하다. 눈이 계속 내린다.
베란다에 서서 곧 들어온다는 아들을 기다린다.

2001년 2월

04
친구

저녁나절 친구 정 선생이 신부 두 분과 함께 찾아왔다. 이심전심일까, 요즈음 따라 부쩍 보고 싶더니 벚꽃이 피고 지는 그 사이에 두 차례나 오가고 한다. 의정부에서 여의도까지는 가까운 거리가 아닌데…….

친구란 참 묘한 인연이다. 피도 살도 섞이지 않은 남남인데 정리가 형제와 다를 바 없다. 근래에는 다른 친구들도 자주 만나보고 싶다. 그래서 한동안 소원했던 친구에게 안부 전화도 하고, 오랫동안 소식이 끊어진 친구들도 수소문해본다.

늙어서 가장 슬픈 것은 고독과 소외감이라고 한다. 그나마 친구라도 없다면 얼마나 외로울까. 며칠 전 친구들 모임에서 박 사장이 "노후에는 산 좋고 물 좋은 곳에다 삶의 터전을 마련하고 서로 돕고 의

지하며 함께 살자." 하고 말했다. 다들 그 말이 솔깃한 지 갑자기 술
잔 부딪치는 소리가 쨍그랑하고 하모니를 이루었다.

나도 젊었을 때는 출세만 하면 만사형통인 줄 알았다. 그러나 남
은 세월이 하루 이틀 짧아지니 친구가 궁한 것도 작은 불행이 아닌
것 같다. 그러나 이제는 별 도리가 없다. 새삼 좋은 친구를 사귈만한
세월도 남지 않았고, 그렇다고 돈으로 살 수도 없으니 말이다. 그래
서 몇 명 안되는 친구가 더없이 소중하게 느껴진다. 이런 나의 마음
을 헤아리기라도 했을까? 근래에 친구의 발길이 빈번하다.

오늘은 시종일관 가톨릭 봉사 단체 '나눔의 묵상회' 발전을 위한 대
화를 나누었다. 본 단체가 하는 일은 생활이 어렵고 고통 받는 사람
들을 도와주고 또한 그들을 위해 기도하는 일이다. 그런 일이라면
나도 동참하고 싶었다.

돌아갈 무렵이다. 친구는 성경 한 권을 내 손에 쥐어주었다. 가슴
이 찡했다. 더 늦기 전에 냉담(冷淡)을 청산하고 친구와 함께 봉사활
동을 하면서 신앙심과 우정의 고리를 다시 한 번 담금질해야겠다.

친구를 처음 만난 것은 40여 년 전 논산 훈련소에서였다. 그 시절
에는 군영의 환경과 분위기가 몹시 열악하고 살벌했다. 모진 훈련과
기합, 상급자의 구타, 배고픔 등은 정말 견디기 어려웠다. 그런 상
황 속에서도 친구는 자신보다 동료들의 고달픔과 어려움을 더 걱정
하고 마음 아파했다.

함께 마산 군의학교에 있을 때였다. 그 해 겨울은 추위가 혹독했
다. 하필이면 그 무렵에 오른손을 심하게 다쳤다. 빨랫감을 들고 우

물가에 가면 친구는 얼른 내 것을 빼앗아 함께 빨아주었다. 시퍼런 두 손을 호호 불며 빨래를 할 때 나는 옆에 서서 눈물만 글썽거렸다. 그리고 주말이 되면 나를 데리고 성당에 다녔다. 그 때 처음 친구 따라 성전(聖殿)에서 무릎을 꿇었다.

친구는 제대 후 지금까지 고등학교에서 학생들을 가르치고 있다. 바쁜 와중에도 성당건립, 주일학교 학생 지도, 불우 이웃돕기 등으로 여념이 없다. 나도 가끔 친구를 닮아보려고 노력하지만 뜻대로 되지 않는다.

지금으로부터 20여 년 전이다. 하나뿐인 여동생이 S대학병원에서 심장 수술을 받았다. 담당 의사는 수술 직전까지 혈액형이 같은 건장한 젊은이 열두 명을 대동하라고 했다. 너무 막막해서 친구에게 도움을 청했다. 수술하던 날 학교에서 빨리 오라고 전화가 왔다. 단걸음에 달려갔다. 많은 학생들이 양호실에 모여 있었다. 전혀 뜻밖의 일이었다.

사실을 알아보았다. 친구는 나의 딱한 사정을 교내 방송으로 학생들에게 호소했다는 것이다. 기발한 생각과 후의에도 놀랐지만 학생들의 뜨거운 호응에 감동했다. 사제(師弟) 간에 애정과 존경이 살아 숨 쉬는 훈훈한 교정이었다. 덕분에 수술을 무사히 마친 동생은 지금도 건강하다.

그 때 한 학생이 "선생님, 두 분의 사이가 참 부럽습니다. 우리에게도 그런 우정의 비법을 알려주십시오." 하고 말했다. 나는 잠깐 망설이다가 이렇게 말했다. "처음 만난 친구에게는 쉽게 마음의 문을 열어서는 안 된다. 최소한 오륙 년 정도 사귀어 본 다음에 우정의 고리를 연결해야 한다. 그런 친구가 훗날 잘못이나 배신을 한다면 그를 탓하지 말고, 애초에 인간성을 제대로 가늠하지 못한 자신을 원망하라."고 말했다.

러시아 격언에 "변치 않는 우정을 구하는 자는 무덤으로 가라."라는 말이 있다. 젊어서 절친했던 소꿉친구, 동기동창, 군대 친구들도 입신(立身)과 생활 형편이 달라지면 그 차이에 따라 가깝고 먼 사이가 되어버린다. 그런데도 정 선생의 우정은 아직도 변함이 없다.

2001년 봄

05
안개가 걷히고

　날로 짙어가던 안개가 걷혔다. 파란 하늘과 푸른 나뭇잎이 전에 보던 그 빛깔이다. 이제는 멀리 관악산도 잘 보이고, 지나가는 사람들의 얼굴도 또렷하다. 오늘 밤에는 모처럼 별이 반짝이는 밤하늘도 구경해야겠다.

　얼마 전에 백내장 수술을 받았다. 시기를 놓친 수술이라 그동안 몹시 불안하고 초조했다. 혹시 수술이 잘못되어 시력을 잃지 않을까 해서였다. 그러나 수술 결과가 예상보다 좋다. 지루했던 어둠의 악몽이 깨끗하게 사라졌다.

　시력이 나빠진 것은 수년 전이다. 처음에는 노안으로만 여겼다. 그래서 돋보기 도수만 높이며 덧없는 세월만 탓했다. 그러나 근래에

와서는 그 증상이 심각했다. 길을 걷기가 불편하고, 옆에 지나가는 사람의 식별도 어려웠다. 사정을 모르는 지인(知人)들은 "당신은 사람도 몰라보느냐." 하며 오해까지 했다.

급기야 병원을 찾아갔다. 그러나 병원에는 의약 분업 파동으로 의사가 없었다. 하루가 다급한데 의료 파업은 끝이 보이지 않았다. 시간을 다투는 환자들의 생명과 나의 시력도 희생양 신세가 되었다. 누가 옳고 그른지 몰라도 환자를 볼모로 하는 투쟁은 바람직한 일이 아니다.

다행히 의료 대란은 오래가지 않고 해결되었다. 다시 병원을 찾아갔다. 의술은 하루가 다르게 발전하는데 병원에는 환자들로 북새통이었다. 인간은 병을 정복하기 위하여 안간힘을 쓰지만, 병도 그에 질세라 저항이 만만치 않다. 요즈음은 생전 들도 보도 못했던 구제역, 조류독감과 같은 이상한 병균이 나타나서 축산 농가를 멍들게 하고 있다.

검안을 한 의사는 "백내장이 오래 되었군요." 하며 즉석에서 수술 일정을 정해주었다. 짐작은 했지만 의사가 병을 너무 키웠다고 말할 때는 쥐구멍이라도 찾고 싶었다. 지금이 어느 때인가. 복제 송아지가 태어나고, 인간 게놈지도(유전자 염기 배열지도)를 발표한 세상이 아닌가.

"미련에 약이 없고 선무당 사람 잡는다."라는 말이 있다. 병원 기피증과 우둔한 자가 진단이 큰 화를 부를 뻔했다. 만약 잘못되어서 실명이라도 되었다면 내 처지가 얼마나 비참했을까? 생각만 해도 끔찍하다.

어린 시절이다. 바다에 안개가 자욱하면 뱃길을 잃어버린 선원들이 "여기가 어디요…….." 하며 고래고래 고함을 쳤다. 붕붕, 항해 진로를 알리는 뱃고동 소리가 애처롭게 들렸다. 그러다가 안개가 걷히면 거울같이 잔잔한 파란 바다 위로 크고 작은 배들이 유유히 오가고 했다. 그 때 이웃 마을 장님 아저씨의 고달픈 삶을 헤아렸다.

세계에서 가장 높은 실명의 원인은 백내장이라고 한다. 현재 우리나라에서도 백내장으로 인한 실명 환자가 수십만 명이나 된다. 대부분 치료와 수술의 기회를 놓쳐서 그렇다.

백문이 불여일견(白文 不如一見)이란 말을 실감한다. 위태로운 고비를 넘기고 나니 건강에 대한 관심이 전과 달라진다. 암도 조기에 치료하면 완치가 된다고 한다. 그러나 많은 암 환자가 실기(失期)를 해서 귀한 생명을 잃고 있다. 조기 진단은 생명을 밝혀주는 등불이며 또한 건강을 지켜주는 튼튼한 동아줄이다.

한동안 환자의 신세가 되어보니 늘 건강 생각뿐이었다. 돈, 권력, 명예가 아무리 소중하면 무슨 소용인가. 건강을 잃어버리면 모두가 허사인 것을. 지금 이 시간에도 많은 사람들이 한 때의 자만과 소홀로 인해서 병으로 신음하며, 또 어떤 사람들은 삶의 기회를 스스로 놓쳐버리고 하늘을 우러러보며 탄식한다.

요즈음은 각종 매스미디어(mass media)에서 다양한 의학 정보를 제공하고 있다. 그런데도 병원마다 환자들이 넘쳐난다. 아마도 귀담아 듣고 눈여겨보는 사람이 아직은 흔치 않은 것 같다. 문명과 의식이 따로따로다.

수술을 받은 후 두 달 동안 안대와 색안경을 끼고 살았다. 그동안 수술 결과가 몹시 궁금했다. 오늘 처음으로 맨눈으로 외출을 했다. 놀라보게 시야가 선명하다. 눈앞을 가리고 있던 짙은 안개가 걷히고 나니 흐릿하던 마음까지 밝아진다.

2001년 봄

06

마음의 빛

　나는 무거운 멍에를 하나 짊어지고 산다. 오래 전에 헤어진 누님에게 진 마음의 빛이다. 더 늦기 전에 꼭 갚아야 하는데 방법이 막연하다. 어제는 행여나 해서 소식이 끊어질 때까지 살았던 양구를 다녀왔다.

　군인 시절 선배의 소개로 알게 된 누님은 나보다 여덟 살 손위였다. 동성동본이란 이유로 서로가 자연스럽게 누나 동생 하고 불렀는데 그 정리가 친형제나 다를 바 없었다.
　지금도 그 때의 추억이 어제같이 생생하다. 누님은 고참병에게 구타를 당한 내 얼굴의 상처를 보고 눈물을 글썽거렸다. 해진 양말도 손수 꿰매주었다. 어쩌다 몸이라도 아프다는 연락을 받으면 계란,

김밥 등을 들고 십리 길을 단숨에 달려왔다. 그리고 외출이나 외박 때는 맛있는 음식을 정성껏 장만해 놓고 다정하게 반겼다. 심지어는 한 번도 만나 뵙지 못한 어머니에게도 안부 편지를 잊지 않았다. 어릴 적부터 누나 없이 자란 나에게 하늘이 맺어준 인연이었다.

지금도 양구는 아군과 적군이 살벌하게 대치한 최전방이다. 그리고 나의 고향 포항에서는 천 리가 넘는 타향이다. 밤이 되면 언제나 적군이 나타날 것 같았고, 낮이 되면 고참병들의 눈길이 살벌했다. 하루하루가 긴장과 공포의 연속이었다. 때로는 탈영도 하고 싶었다. 그 때마다 누님의 따뜻한 사랑과 고마움이 탈선의 울타리가 돼 주었다.

더욱 잊을 수 없는 것은 누님과의 마지막 이별이다. 군대 생활이 끝날 무렵이다. 누님은 제대를 하면 며칠 묵고 가라고 신신당부했다. 바로 그 날이 다가왔다. 귀가 보따리를 둘러메고 쾌재를 부르며 누님 집으로 달려갔다. 여느 때 같으면 문을 와락 열고 반겨야 할 누님이 몇 번을 불러도 대답이 없었다. 잠시 후 매형이 바깥에 나와서 어젯밤에 누님이 딸을 낳았다고 일러주었다.

어쩔 수 없이 "누님, 축하합니다. 몸조리 잘하세요…….' 하고는 선걸음에 발길을 돌렸다. 그 때 누님이 문을 살짝 열고 "동생!' 하며 불렀다. 핼쑥한 얼굴에 눈시울이 촉촉하게 젖어 있었다. "미안하다. 고향에 돌아가면 어머님께 안부 전하고 종종 편지해라. 잘 가거라.' 한 다음 손에 봉투 하나를 쥐어주었다. 그 속에는 적잖은 돈이 들어 있었다.

며칠간 석별의 정을 나누기로 한 약속은 물거품이 되고 말았다.

그 대신 마음의 빚만 잔뜩 짊어지고 쓸쓸히 병영의 땅 양구를 떠났다. 만나고 헤어지는 것은 누구에게나 다반사로 있는 일이다. 더구나 군인 시절의 만남은 이별이 정해진 인연이다. 그런데도 귀향의 기쁨보다 누님과의 헤어짐이 더 아쉬웠다.

어제만 같은데 벌써 36년이 지났다. 주고받던 편지도 오래 전에 끊어졌다. 바쁘다는 핑계와 빈번한 이사가 원인이었다. 수년 전부터 여러 경로를 통해 수소문해보았지만 허사였다. 머리카락이 하루가 다르게 희끗희끗해지니 마음의 빚이 더욱 무겁게 느껴진다.

더 늦기 전에 직접 찾아보기 위해 아내와 함께 먼 길을 나섰다. 춘천에 도착하니 진눈깨비가 내리고 있었다. 도로가 미끄러워서 더 이상의 운행은 무리였다. 그래도 창가에 서서 나를 기다리고 있을 누님이 연상되어 위험한 길을 재촉했다. 소양호를 따라 산 고개를 굽이굽이 돌아갈 때마다 가슴이 철렁철렁했다. 그 때마다 아내는 내 손을 꽉 잡았다. 운전하는 이웃집 남기 동생에게 몹시 미안했다.

양구에 도착하기 바쁘게 숙소에 여장을 풀고 누님을 찾아 나섰다. 이곳저곳 알만한 곳을 돌아다니며 수소문했다. 다들 고개를 갸우뚱하며 몹시 안타까워했다. 그래도 간절했던 재회(再會)의 꿈을 포기할 수 없었다.

이튿날도 아침 일찍 찾아 나섰다. 그러나 도통 어디가 어딘지 아리송했다. 벌써 세 번이나 강산이 변했으니 어련할까. 이 길도 긴가민가하고 저 길도 그러했다. 역시 찾을 길이 막연했다. 그래도 뜬소문과 조언, 또는 예감을 쫓아 이 마을 저 마을을 헤매었다. "계십니

까?" 하며 이 집 저 집 대문을 들어설 때마다 '어마! 동생' 하며 금방 누님이 뛰어나올 것 같았다. 그러나 진종일의 동분서주도 결국 헛수고가 되고 말았다.

며칠간 더 머물고 싶었다. 그러나 미룰 수 없는 일상사 때문에 무정하게 발길을 돌렸다. 차가 막 양구를 벗어날 때다. 등 뒤에서 "동생, 동생……." 하고 부르는 소리가 들렷다. '앗! 누님이다.' 하고 뒤돌아보았으나 아무도 보이지 않았다. 부질없는 환청(幻聽)이었다.

시간이 지날수록 마음의 빚이 더욱 무겁게 어깨를 짓누른다.

2001년 10월

07

이무기의 싸움

동심을 찾아서

하늘에서 먹구름이 소용돌이치면,
바다에 살고 있다는 이무기들이 종종 싸움질을 했다.
먼저 구름을 타고 하늘에 올라가기 위해서였다.

아주 굵은 이무기가 싸움을 할 때는 바람이 세차게 불고,
산 같은 파도가 해안으로 무섭게 밀려왔다.
어른들은 포구로 달려가서 '어여차 어기여차…….'
라고 소리를 지르며 힘껏 배를 높은 곳으로 끌어올렸다.

싸움이 격렬할 때는 노도(怒濤)와 광풍(狂風)이 천지를 흔들었다.
그래서 이 세상에서 제일 무서운 짐승은 이무기라 생각했다.

08

해묵은 빚을 받던 날

아침 일찍 전화벨이 요란하게 울렸다. 수화기를 들자 미국에서 온 K 사장이라고만 했다. 도무지 누구인지 알 수 없었다. 잠시 후 이름을 알려준 다음에야 아! 하고 깜짝 놀랐다. 간단하게 인사를 나눈 후 저녁에 집으로 찾아오겠다고 양해를 구했다. 하루 종일 일이 손에 잡히지 않았다.

지금으로부터 36년 전이다. 우연히 알게 된 그는 나보다 세 살 아래였다. 건장한 체격에 합기도와 태권도가 고단이었다. 말수가 적고 행동이 신중한 것도 또래의 청년들과는 달랐다. 함께 있으면 믿음직스럽고 든든해서 동생처럼 대했다. 그도 역시 나를 친형같이 따랐다.

그러던 어느 날 술집에서 술을 마시다가 느닷없이 의형제를 맺자고 했다. 지금 이 정도의 정분으로도 충분하다며 사양을 해도 막무

가내였다. 취기(醉氣)가 오르자 갑자기 새끼손가락을 깨물더니 뚝뚝 떨어지는 피로 흰 종이에다 '의리'라고 쓴 다음 나에게 내밀었다. 술이 거나하게 취한 나도 그가 한 대로 따라했다.

그 후 1년 정도 지나자 이런저런 이유로 돈을 빌려가기 시작했다. 때로는 돈이 없어도 사연이 하도 딱해서 남의 돈을 빌려서 주기도 했다. 그럭저럭 빌려간 돈이 꽤 불어났다. 하루는 돈을 빌려가면서 날씨가 무덥다고 검정색 양복 윗도리를 벗어 놓고 갔다. 그 후 며칠이 지나도 양복을 찾아가지 않았다. 왠지 느낌이 좋지 않았다. 아니나 다를까 영영 나타나질 않았다. 다각도로 수소문해 보았지만 행방이 묘연했다.

의리 때문에 한동안 허리가 휘청했다. 의리는 사람이 살아가는 덕목(德目) 중에서 항상 상위를 차지한다. 오륜(五倫)에서도 군신유의(君臣有義)를 제일로 치지 않은가. 나도 젊어서는 의리를 인성의 근본으로 여기며 살았다. 그러나 나이가 먹어갈수록 염증을 느낄 때가 한두 번이 아니었다.

일찍이 연암(燕巖) 박지원(朴趾源)은 "세상에는 의리가 말뚝 박아 놓은 듯한 법은 없으니 의리란 때를 따라 달라지는 것입니다."라고 말했다. 그렇다. 믿을 수 없는 것이 사람의 마음이다. 소꿉친구, 죽마고우라 해도 입신(立身)이 달라지면 놀라울 정도로 사이가 멀어진다.

이런 사람도 있다. 속 다르고 겉 다른 사람, 달면 삼키고 쓰면 뱉는 사람, 이해관계가 생기면 안면을 몰수하는 사람. 물론 관포지교(管鮑之交)를 몰라서 하는 말이 아니다. 현실은 그 정도로 이상(理想)과 차이가 있다는 뜻이다.

약속 시간이 되자 K 사장이 집으로 찾아왔다. 환갑(還甲)이 지났어도 젊은 시절의 얼굴 그대로였다. 어찌나 반가운지 서로 얼싸안고 한동안 말문을 열지 못했다. 그날 밤은 둘이서 밤이 깊도록 술을 마시며 정담을 나누었다.

"형님 미안합니다. 정말 뵐 면목이 없습니다." 하며 시종일관 목이 메었다.

"형님과 헤어진 후 살기가 너무 힘겨워서 여러 번 죽을 생각도 했습니다. 그러던 어느 날 집안 형님의 도움으로 미국 행 비행기에 올랐습니다. 그 후 낯선 이국에서 밤낮을 가리지 않고 돈을 벌었습니다. 그 덕분에 지금은 먹고 살만합니다." 하면서 손수건으로 눈물을 훔쳤다.

떠날 무렵이다. 예전에 진 빚이라며 봉투 하나를 내밀었다. 받을 생각을 오래 전에 포기한 돈이라서 완강히 거절했다. 형님, 이 돈을 받지 않으면 어찌 눈을 감고 죽겠느냐며 통사정했다. 할 수 없이 받아들자, 이제야 다리를 펴고 잠을 잘 수 있게 되었다며 무척 반가워했다.

단비 같은 양심이다. 대다수가 내 돈은 천금같이 여기지만 남의 돈이라면 티끌같이 여긴다. 한때 몇몇 사람에게 많은 돈을 떼었지만 지금까지 거의 받지 못했다. 기억에도 까마득한 해묵은 빚을 받고 나니 만감(萬感)이 교차(交叉)한다.

자정이 지났다. 동생이 막 자리에서 일어나려 할 때다. 아내가 안방에서 검정색 양복을 들고 나왔다. 바로 36년 전에 두고 간 그 옷이다.

2006년 봄

09

가슴으로 부르는 노래

　어디서 구성진 노랫소리가 들려왔다. 오랜만에 들어보는 가수 배호가 불렀던 '돌아가는 삼가지'였다. 호기심에 장보기를 멈추고 아내와 함께 가까이 다가가 보았다.

　생활 용품을 팔고 있는 불쌍한 장사꾼이었다. 사십대 초반으로 보이는 그 사람은 두 다리가 없는 중증 장애인이었다. 엉덩이를 감싸고 있는 타이어 고무가 반질반질했다. 그래도 시종일관 표정이 밝았다. 노래 실력도 웬만한 가수를 능가했다.

　지나가는 사람들은 저마다 발길을 멈추고 귀를 기울였다. 우리 내외도 함께 들었다. 그는 성대와 창법이 남달랐다. 구성진 가락에 운명의 비애와 삶의 고달픔이 흠뻑 배어있었다. 곡조 따라 굽이굽이 넘어갈 때마다 심금을 울렸다.

대중가요의 진수(眞髓)를 느끼게 했다. 아무리 좋은 가요라도 부르는 사람에 따라 듣는 정감이 다르다. 훌륭한 작사 작곡도 가수의 소질과 능력에 따라 그 노래의 운명이 달라진다.

유행가는 그 시대의 애환이 서린 민중예술이다. 예나 지금이나 사람들은 노래를 부르면서 고난과 슬픔을 달래고 또한 기쁨을 즐긴다. 만약 노래가 없었다면 우리네 인생살이가 얼마나 살벌하고 팍팍할까.

그 사람은 구경꾼을 의식해서인지? 더욱 열창을 토했다. 레퍼토리도 다양했다. 대부분 가수 '배호'가 불렀던 노래였는데 '안개 낀 장충단 공원'을 부를 때는 박수가 쏟아졌다.

그래도 다들 구경만 할뿐 선뜻 물건을 사지 않았다. 나라도 하나 팔아주고 싶었다. 그러나 나 역시 마음뿐 그들과 마찬가지였다. 장애인을 바라보던 한 때의 불신과 편견 때문이었다.

정서적으로 가장 민감한 유소년 시절에 역사의 소용돌이가 끊이지 않았다. 굴욕적인 일본의 강점(强占), 세계를 경악케 했던 제이차 세계대전, 사상과 이념의 갈등으로 많은 희생과 아픔을 치렀던 해방 이후의 혼란기, 동족상잔의 비극 6·25전쟁. 이 모두가 두 번 다시 있어서는 안 될 끔찍하고 치욕적인 대 사건들이었다.

엎친 데 덮친 격으로 전쟁 와중에 두 해—1952년, 1953년—연이어 호된 가뭄이 계속되었다. 초근목피로 연명하던 가정이 부지기수였다. 사회는 혼란스러웠고 인심은 몹시 흉흉했다. 구걸하는 불구자들과 유리걸식하는 사람들이 나날이 늘어났다. 불량한 사람들은 떼를 쓰거나 공갈 협박도 망설이지 않았다. 학교에 오가다 험상궂게 생긴 거지나 동냥아치들을 만나면 겁에 질려 달아나기도 했다. 갖가지 유언비어와 괴담은 어린이들을 불안에 떨게 했다.

그러나 오늘 그 사람은 옛날같이 떼를 쓰거나 강매를 하지 않았다. 오직 고통과 좌절, 편견과 멸시 등을 참고 견디며 자기의 삶을 위하여 최선을 다하고 있을 뿐이었다. 어떤 아주머니가 물건을 사지 않고 천 원짜리 몇 장을 건네주자 완강히 사양했다. 가슴이 찡했다.

뿌리 깊은 고정관념이 송두리째 흔들거렸다. 예나 지금이나 편견과 불신은 사회적 고질이다. 이런 좋지 못한 인식 때문에 많은 사람이 희생되었고 또는 피해를 입었다. 천인공노(天人共怒)했던 유태인 학살과 박해도 바로 편협한 민족주의 나치즘(Nazism)에서 비롯되었다. 우리나라도 지역, 종교, 학벌 등의 편견과 이념의 갈등, 정치적 불신이 심각하다. 앞날이 걱정스럽다.

하루가 저물고 있었다. 그 때까지도 나지막한 리어카에는 각종 상품이 꽤 남아 있었다. 엉덩이가 몹시 아파 보였다. 하루 종일 질질 끌고 다녔으니 그 통증이 오죽했을까. 노래를 멈추고 잠깐 땅에 엎드려 쉬는 모습이 마치 쓰러진 유리병 같았다. 보기가 참으로 딱했다.

그 광경을 물끄러미 바라보고 서 있던 아내가 몇 가지 물건을 팔아주었다. 나도 한두 가지 거들었다. 옆에 서서 구경하던 사람들도 덩달아 팔아주었다. 고개를 쳐들고 거스름돈을 건네는 그 사람의 눈가

에 미소가 떠나지 않았다. 그리고 고맙다는 인사가 깍듯했다. 주고
받는 훈훈한 인정이 참 보기 좋았다.

보답일까? 그는 고개를 들고 저무는 석양을 힐끔 쳐다보더니 다시
가슴으로 뜨겁게 노래를 불렀다.

2003년 가을

10

장미꽃 한 다발

아침 일찍 친구의 부인 K 여사가 세상을 떠났다는 전갈을 받았다. 갑작스런 비보에 가슴이 철렁 내려앉았다. 누구나 태어나면 언젠가는 겪어야 할 필연적 운명이다. 그러나 향년 60세, 지금 생(生)을 마감하기에는 너무나 애석한 나이다.

사람이 이 세상을 떠나고 나면 그에 대한 기억만 아프게 남는다. 고인은 언제나 곁에 있는 사람들을 편안하게 해주었고, 해박한 지식으로 기쁨과 웃음을 꽃피우게 했다. 넉넉한 인심과 너그럽고 따뜻한 마음씨가 새롭게 떠오른다.

지난 정초 친구를 만났을 때였다. 돌아오는 7월에 동부인해서 동해안을 함께 다녀오자고 약속했었다. 그랬는데 그 틈에 이런 변이 일어난 것이다. 인명재천(人命在天)이라 하더니 정말 덧없는 인생이다.

울적한 심정을 가라앉히며 장례식장을 찾았다. 벌써 많은 사람이 문상을 마치고 삼삼오오 앉아서 추모의 정을 나누고 있었다. 어떤 사람은 재단 앞에 꿇어앉아서 계속 어깨를 들썩거렸다.

식장 분위기가 무겁고 숙연했다. 실내에 가득한 국화 향기와 향냄새 속에 영적(靈的) 기운이 느껴졌다. 지켜보는 영정에서도 숨결 소리가 들리는 듯했다. 고인의 영전에 국화꽃을 바치고 삼가 명복을 빌었다. 그리고 친구에게도 술 한 잔 권하며 조의를 표했다.

홀로 살아가야 할 친구의 처지가 참으로 딱하고 난감해 보였다. 그들은 젊어서부터 금슬(琴瑟)이 좋은 부부로 소문이 자자했다. 한동안 눈에 선할 텐데 그 아픔을 어떻게 감당할지? 그리고 크고 작은 살림살이도 보통 문제가 아니다. 자식, 형제, 친지가 있다 해도 아내의 몫을 대신하기란 쉬운 일이 아니다. 설령 마땅한 사람을 만나 빈자리를 채운다 해도 어찌 조강지처(糟糠之妻)만 하겠는가.

조강지처란 지게미와 겨로 끼니를 이을 때의 아내란 뜻이다. 가난할 때 고생을 함께 하며 살아온 본처(本妻)를 이르는 말이다. 해방 전후 세대들은 대부분 단칸 셋방에다 신혼살림을 차렸다.

나도 예외는 아니었다. 기대에 부풀었던 신혼의 꿈은 애초부터 순탄치 않았다. 사회에 첫발을 내디뎠던 회사의 부도가 그 서막이었다. 다시 취업한 금융회사에서도 사기꾼들의 덫에 걸려 오래 머물지 못했다. 그 후 어렵게 시작한 사업도 실패를 거듭했다. 죽고 싶을 때가 한두 번이 아니었다. 그런 고비마다 아내의 위로와 격려가 큰 힘이 돼주었다. 그는 분명 천생연분이었다.

　부부는 남남이다. 그래서 타고난 성격과 살아가는 가치관, 인생관
이 각자 다르다. 사랑, 믿음, 인내, 이해와 같은 덕목(德目)이 부족하
면 언제나 삐걱거리기 마련이다. 이런 부부가 숱한 우여곡절을 겪으
며 함께 산다는 것이 어디 쉬운 일인가.

　요즈음 일본에서는 황혼 이혼이 유행이라고 한다. 남의 일 같지
않다. 우리나라도 머지않아 비슷한 전철을 밟을 것 같다. 이혼은 세
대를 구별하지 않고 패가망신이다. 더 늦기 전에 글로벌 시대에 걸
맞지 않은 사고방식과 낡은 관습은 과감하게 떨쳐버리고 변화의 물
결에 순응해야 한다. 이것이 바로 유비무환(有備無患)이다.

　세상이 달라졌다. 대대로 이어온 농경 사회가 반세기 만에 산업
사회로 급변했다. 우리 민족의 근본정신이었던 유교(儒敎) 사상(思想)
도 점점 잊혀져가고 있다. 고유의 전통문화와 전래의 미풍양속도 간
신히 그 명맥을 이어가고 있다. 의식(意識)과 사고방식이 놀라울 정
도로 변해버렸다.

　　　　　　　　　　가장제도(家長制度)의 과거
와 달리 여성의 활동 영역과
사회적 지위가 확연히 달라
졌다. 따라서 부부 관계도
변화의 물결이 거세게 일고
있다. 남편의 위상과 자존
심이 크게 흔들리고 있다.

5호선 지하철을 갈아타려고 신길역 지하도를 걷고 있었다. 그 때 어떤 가게에서 "장미꽃 사세요, 장미꽃 사세요······." 하며 외쳤다. 발길을 멈추고 붉은 장미꽃 한 다발을 샀다. 진한 꽃향기가 물씬 풍겼다. 울적한 심정과 무거운 발길이 한결 가벼워졌다.

　　꽃을 들고 집에 들어서니 아내가 "웬 꽃이에요!" 하며 무척 반가워했다. 거두절미(去頭截尾)하고 "여보, 제발 건강하시고 나보다 오래 사시구려." 하며 꽃다발을 아내에게 건넸다.

2003년 여름

PART

04

살 / 아 / 가 / 는 / 이 / 야 / 기

01
조기 파종

꽃샘추위가 연일 기승을 부린다. 화분에 묻어 둔 한해살이 봉선화, 채송화, 나팔꽃 씨앗들이 기척도 하지 않는다. 파종을 한 지 벌써 열하루가 지났다. 그나마 돋아난 여러해살이 새싹들도 성급한 세상 나들이를 후회라도 하듯 더 이상 자라지 않고 추위에 떨고 있다.

전례가 없는 혹한이다. 씨앗들이 이미 발아를 했다면 얼어서 죽었을지도 모른다. 설령 무사히 살아난다 해도 발육에 지장이 많을 듯하다. 그동안 살아남기 위해서 얼마나 많은 에너지를 소비했을까? 부랴부랴 비닐로 보온 조치를 취했지만 생사가 걱정된다.

올해의 씨앗들은 포항, 수원, 송추 등지에서 어렵사리 구해 온 우수한 품종들이다. 심지어 나팔꽃 씨앗은 인천 외곽에 살고 있는 친구가 직접 여의도 우리 집까지 차에 싣고 와서 전해주었다. 그간의 열정과 고마운 분들의 성의를 생각하니 마음이 몹시 아프다.

오늘은 추위가 더욱 매섭다. 정원을 둘러보니 파릇파릇 돋아난 새싹들이 시들시들 동사(凍死) 직전이다. 윤기가 반지르르하던 정원수들도 다시 까칠까칠하다. 계절의 질서는 엄연한데 동장군은 어느 한 해도 조용히 물러나는 예가 없다.

마치 무소불위의 권력을 휘두르던 독재자의 말로 같다. 권불십년(權不十年)이란 말이 있다. 때가 되면 스스로 권좌에서 물러나는 것이 순리다. 그러나 대부분의 독재자들은 그렇지가 않았다. 동장군같이 끈질기게 민의에 저항하다가 종국에는 숱한 우여곡절을 남기고 역사의 뒤안길로 사라졌다.

지난 4월 초순에는 한동안 날씨가 유난히 화창하고 따스했다. 양지바른 곳에 자리한 일부 장미와 라일락이 계절을 착각하고 꽃봉오리를 터뜨리기도 했다. 나도 덩달아 씨앗을 화분에 묻었다.

분별없는 조기 파종이었다. 예나 지금이나 파종의 시기는 엄격하다. 특히 우리나라는 사계절이 뚜렷해서 시기를 잘 이용해야 알찬 수확을 기대할 수 있다. 화초라고 예외가 되지 않는다.

아무래도 올해의 파종은 헛수고가 될 것 같다. 조급한 마음 때문에 실패한 경험이 한두 번도 아닌데 또 어이없는 일을 저지르고 말았다. 직장 생활을 할 때는 승진을 서두르다가 낭패를 보았고, 사업을 할 때는 시기적절치 못한 투자와 지나친 자신감 때문에 좌절의 쓴잔을 마셨다.

　강도의 차이는 있지만 매년 이맘때면 꽃샘추위가 한두 번은 소란을 피운다. 그래서 사람들은 봄이 돌아와도 쉽게 긴장을 풀지 않는다. 그런데 나는 아니해도 될 걱정을 사서 한다.

　썰렁한 화분에 자꾸 눈길이 간다. 지금이라도 새싹이 돋아나면 얼마나 좋을까. 꽃은 활짝 피었을 때도 좋지만, 여린 새싹들을 가꾸는 재미도 아주 쏠쏠하다. 야외에서 자라는 식물과 달리 베란다의 꽃식물은 한시도 소홀할 수 없다. 그래서 더욱 깊은 정이 쌓인다.

　앙증스러운 새싹들의 어릿광대를 보고 싶다. 씨앗들이 저마다 머리에 투구를 쓰고 흙에서 고개를 내밀면 콧노래가 저절로 나온다. 투구를 벗어버리고 살포시 잎사귀를 펴면 비로소 다시 돌아온 봄을 실감한다.

　봄은 소생과 약동의 계절이다. 겨울의 긴 터널에서 벗어난 해방감이 마음을 들뜨게 한다. 파릇파릇 돋아나는 새싹과 연이어 피는 꽃들의 향연은 언제나 깊은 감동과 따뜻한 사랑을 느끼게 한다.

꽃샘추위가 하루라도 빨리 끝나야 한다. 지금의 한파는 백해무익 (百害無益)하다. 오래 계속된다면 심신(心身)이 위축되고 매사에 의욕 이 떨어진다. 또한 동면에서 깨어난 동식물에게도 커다란 고통이 된 다. 화분에 귀 기울이니 씨앗들의 신음 소리가 들리는 듯하다. 조기 파종의 실수가 가슴을 아리게 한다.

2003년 봄

02

시화산방

　글방 빈 벽에 시화산방(柿花山房)이라고 쓴 편액을 걸었다. 함께한 문우들은 박수를 치면서 기뻐했다. 나도 편액에서 눈길이 떨어지지 않았다. 실내 분위기가 한결 아늑하고 고풍스럽다.

　글방은 얼마 전에 문우 김 선생이 제공한 당신의 서재다. 네다섯 사람이 둘러앉을 정도로 협소하지만 언제나 묵향이 은은하다. 그리고 외부 소음이 전혀 들리지 않는다. 마치 깊은 산속 작은 절 별채 같다.

　시대를 막론하고 글방은 꼭 필요한 것 같다. 지금의 학생들은 학원, 고시원, 독서실 등에서 공부를 하고 있지만, 내가 초등학생 시절에는 글방이 유일한 과외 학습장이었다. 남포등이나 촛불을 가운데 두고 오륙 명이 빙 둘러앉아 선배들의 지도를 받으며 공부를 했는데 실력 향상에 큰 도움이 되었다.

시화산방도 바로 그런 글방이다. 함께하는 문우들은 매달 한두 번씩 가방을 들고 저녁나절에 모인다. 시간이 되면 각자의 수필을 발표한 다음 열띤 토론을 전개한다. 공부가 끝나면 둥근 상에 둘러앉아 식사와 약주를 곁들이며 정담을 주고받는다. 창작 실력이 몰라보게 좋아지고 있다.

글방의 이름을 시화산방이라 부르게 된 것은 감나무 때문이다. 공부방 바로 위 마당에 감나무 한 그루가 살고 있다. 수령이 삼십 년이 지났다고 하는데 꽤 정정하고 운치가 있다. 우리는 늘 그 감나무 뿌리를 머리에 이고 공부를 한다.

그 덕택인지 그 방에서는 공부가 잘되고 기분도 좋아진다. 때로는 감나무의 정기(精氣)가 느껴지기도 한다. 머리 바로 위에 있는 뿌리도 우리의 진지한 토론과 다정다감한 정담을 귀를 기울이고 듣고 있을 것이다. 수필 문학의 따뜻하고 향기로운 정서가 좋은 자양분이 되리라 믿는다.

감나무는 예나 지금이나 농촌에서 제일 흔한 과실나무다. 그런데도 그 어느 나무보다 운치가 있고 생산적이다. 나무와 나뭇잎의 모양은 언제나 중용의 미를 느끼게 한다. 주렁주렁 매달린 감이 빨갛게 익어가는 풍경은 가을을 더욱 풍성하고 아름답게 한다. 앙상한 나뭇가지에 두세 개 달려 있는 까치밥이 바로 농촌의 인심이며 정서다.

어린 시절이다. 감꽃이 피면 상큼한 향기가 좋아서 감나무 주위를 서성거렸다. 꽃송이가 떨어지면 그것을 주워서 지금의 과자같이 먹었다. 또래 소녀들은 실로 꿰어 목에 걸고 다니며 좋아했다.

그 시절 어머니는 연시(軟柿)를 쌀독에 묻어두었다가 밤늦도록 공부를 하면 한 개씩 꺼내주셨다. 때로는 감이 먹고 싶어서 쏟아지는 졸음을 쫓으며 열심히 공부했다. 요즈음은 어머님을 대신해서 아내가 연시를 챙겨 준다. 겨울밤 시린 연시는 아련한 추억과 향수를 불러준다.

연시의 단맛 속에는 감나무의 삶과 자연의 이치가 진하게 배어있다. 풋감이 홍시가 되려면 갖가지 시련을 이겨내야 한다. 봄부터 가을까지 휘몰아치는 비바람과 무자비한 태풍도 겪는다. 늦가을이 되면 나뭇잎이 다 떨어진 가지에서 찬 서리에 연한 몸을 맡긴다. 이렇듯 연시는 인고(忍苦)로 이루어진 진미의 과실이다.

주렁주렁 달린 감이 빨갛게 익어가는 산사, 툭툭 떨어지는 감나무 낙엽, 앙상한 나무 우듬지에서 부리로 까치밥을 쪼는 까치, 감나무 아래서 낙엽을 쓸어 모으고 있는 노승(老僧). 나는 이런 가을 풍경들을 참 좋아한다.

수필은 감나무 같은 문학이다. 좋은 작품 속에는 타고난 문학 소질과 풍부한 지식, 농익은 경험과 깊은 성찰이 흠뻑 배어 있다. 그리고 작가의 정신세계가 오롯이 담겨 있다. 그런 작품을 읽고 나면 정감의 서정(抒情)이 오래오래 가슴에 머문다.

참으로 뜻 깊은 날이다. 벽에 걸려있는 편액이 새로운 의욕과 꿈을 불러준다. 그렇다고 고궁, 유명 사찰, 이름 있는 고택 등에 걸려

있는 현판같이 고색창연(古色蒼然)해서가 아니다. 비록 평범한 주택 비좁은 방에 걸려있지만 내 눈에는 그 어느 편액보다 돋보인다. 감 꽃같이 상큼하고 잘 익은 홍시처럼 달콤한 수필이 기대된다.

2004년 3월 시화산방에서

03

이야기 주머니

동심을 찾아서

초저녁이었다.

마실 온 아저씨에게 이야기를 해달라고 졸랐다.

이야기 주머니를 이웃집 호랑이 할아버지가 빌려갔으니 찾아오라고 했다.

성구와 나는 곧장 달려가서 할아버지에게 이야기 주머니를 달라고 했다.

호랑이 할아버지는,

조금 전에 Y댁에서 빌려갔으니 그 집에 가서 찾아가라고 했다.

다시 그 집으로 달려가서 이야기 주머니를 달라고 했다.

"야, 이놈들아! 우리도 들어야지." 하시며 호통을 쳤다.

되돌아오면서 손등으로 눈물을 훔쳤다.

나도 어른이 되면 이야기 주머니를 만들고 싶었다.

04
돌아온 향유고래

바다의 제왕 향유고래가 70여년 만에 다시 돌아왔다! 어미와 새끼로 구성된 여덟 마리의 대가족이다. 평화롭게 유영(遊泳)하는 모습이 경사를 알리는 전야제 같다. 그곳이 바로 동해 남부 내 고향 앞바다다.

오늘은 수평선에서 불끈 솟아오르는 일출도 더욱 찬란하다. 바위섬의 갈매기들도 '꽈아오 꽈아오…….' 하면서 신나게 날갯짓을 한다. 고향 사람들은 길조(吉兆)라 믿고 막연한 기대에 부풀어 있다. 나도 왠지 마음이 설렌다.

옛날 어른들은 머지않아 우리 마을에 좋은 일이 생긴다고 했다. 여러 가지 조건 중에서 마을 이름을 첫 번째로 꼽았다. 나의 고향 지명은 버릿돌, 안버릿돌, 성끝, 오무게, 불부끝, 땅재, 범디미…….

이렇듯 대부분 순수 우리말이다. 그러나 유독 마을 이름만은 장길리 (長吉里) 또는 생길리(生吉里)라고 부른다. 먼 훗날 좋은 일이 생긴다 는 뜻이다. 향유고래의 귀환은 그 때를 알리는 징조 같다.

향유고래는 이빨 고래류 중에서 유일한 대형 고래다. 몸의 길이가 13~19미터, 무게는 57톤에 달한다. 그 어떤 물고기도 향유고래를 넘보지 못한다. 때로는 상어도 잡아먹는다. 소설 백경(白鯨)의 소재 로 등장한 고래도 바로 향유고래다.

이마 주머니에 가득한 향유는 샤넬 5번 향수의 재료로 사용될 정 도로 질이 좋다고 한다. 창자 속에서 생기는 용연향(龍涎香)도 고급 향수 재료로, 체내 기름은 윤활유와 완전 연소유 등으로 유용하게 쓰였다. 고기 또한 맛이 좋고 영양도 풍부해 식탁에서 쇠고기와 쌍 벽을 이루었다. 그래서 오래 전부터 포경선의 좋은 공격 대상이 되 었다.

이런 바다의 상징적 존재가 새삼 동해에 나타난 것은 뜻밖의 일이 다. 요즈음은 예전같이 먹이가 넉넉한 것도 아니고 그렇다고 바다 환경이 좋은 것도 아니다. 그런 조건들을 무릅쓰고 다시 돌아온 것 은 그만한 까닭이 있을 것 같다.

우리 마을 앞바다는 난류와 한류가 만나는 중요한 기점이다. 그래 서 옛날에는 오징어, 고등어, 갈치, 가자미, 멸치, 고래 등 각종 어 종이 풍부했다. 그 당시 바다 풍경은 환상적이었다. 해녀들의 무작 맥질, 건착선들의 고등어잡이, 쫓고 쫓기는 포경선들의 고래잡이 등은 언제나 눈길을 사로잡았다.

특히 여름철 밤바다는 대도시 야경보다 더 휘황찬란했다. 끝없이 펼쳐진 오징어잡이 집어등 불빛이 그러했다. 늦가을 해안을 따라 멸치잡이 배들이 밝혔던 집어등 불빛도 가히 장관이었다.

그러나 지금은 수산자원의 고갈로 바다 풍경이 너무 한산하다. 해녀들과 어린이들로 북적되던 바닷가에도 인적이 뜸하다. 소형 어선과 어민들로 활기가 넘치던 포구도 요즈음은 정적이 감돈다.

흥망성쇠(興亡盛衰)는 요철(凹凸)과 같다. 아무짝에도 쓸모가 없다고 여겼던 불모지 사막에서 황금의 석유가 펑펑 솟아오른다. 사람의 접근이 어려웠던 첩첩산중 오지도 관광의 명소로 각광을 받고 있다. 그런가 하면 한때 번영을 누렸다가 쇠퇴한 고장도 한두 곳이 아니다.

살기 좋았던 내 고향도 지금은 어업 부진으로 경제 사정이 좋지 않다. 많은 젊은이들이 고향을 떠나버렸다. 빈집과 빈 집터를 바라볼 때마다 격세지감(隔世之感)을 느낀다.

나의 고향은 해안 경치가 그림같이 수려하다. 바다 역시 오염되지 않은 청정 해역이다. 누구나 편히 쉬어갈 수 있는 휴양지로 적합한 곳이다. 그리고 낚시, 요트, 스쿠버다이빙과 같은 해양 스포츠를 즐기기에도 이상적인 곳이다. 곧 변화의 물결이 넘실거릴 것 같다.

향유고래가 돌아온 지 벌써 열흘이 지났다. 고래들이 노니는 먼 바다를 향해 귀를 기울인다. 미풍에 실려 오는 파도 소리가 축복의

노래같이 들린다.

   70년 만의 귀환! 나는 오늘도 향유고래들의 동정(動靜)에 마음을
판다.

2004년 4월

05
앞에서 걸어가는 사람

출근 시간이었다. 거동이 불편한 할머니가 지팡이에 몸을 의지하며 횡단보도를 힘겹게 건너가고 있었다. 그 때 서류가방을 든 젊은 청년이 얼른 뛰어가서 그 노인을 부축했다. 길을 다 건너자 청년은 깍듯이 인사한 다음 발길을 재촉했다. 뜻하지 않은 고마움에 감동한 할머니는 걸음을 멈추고 그의 뒷모습을 물끄러미 바라보고 서 있었다.

참으로 오랜만에 보는 선행(善行)이었다. 가슴에 묵은 한탄의 체증이 눈 녹듯 스르르 녹아내렸다. 날마다 못 볼 꼴을 너무 많이 보고 살기 때문이다. 요즈음은 어디를 가나 예의범절과 공중도덕이 목불인견(目不忍見)이다.

모처럼 착하고 예절 바른 젊은이를 뒤따라가니 기분이 참 좋았다.

앞에서 걸어가는 사람이 꽃을 들고 걸어가면 향기가 나고, 어두운 밤에 등불을 들고 걸어가면 길이 밝아서 좋다. 그러나 요즈음은 그런 사람 만나기가 쉽지 않다.

노인을 공경하고 우대하는 것은 당연한 도리다. 그러나 현실은 그렇게 살갑지만은 않다. 물질문명에 편승한 부도덕과 반인륜이 자주 한숨을 쉬게 하기 때문이다. 요즈음은 바른말하는 종교 지도자와 사회 원로들도 보기가 민망할 정도로 수모를 당하고 있다. 동방예의지국이라 불리던 민족의 혼(魂)은 다 어디로 갔을까.

세상이 많이 달라졌다. 지금 우리나라 경제는 세계에서 12위다. 국민의 의식주와 문화 수준이 몰라보게 좋아졌다. 고도의 경제 성장과 최첨단 과학 기술이 고맙기는 하나 그로 인한 역풍도 만만치 않다. 전래의 미풍양속과 고유의 전통문화가 뿌리째 흔들리고 있다. 생활양식과 사고방식도 매우 타산적이고 이기적이다.

권력과 명예를 좋아하고, 탐욕과 이기심이 강한 사람들은 대체로 사회규범을 가볍게 여긴다. 그리고 부정부패도 예사로 일삼는다. 세상은 언제나 그런 사람들 때문에 시끄럽다. 지금도 우리를 지켜주고 있는 큰 힘은 앞에서 걸어간 옛 성인들의 가르침과 진리다.

좋았던 기분도 잠깐이었다. 다시 짜증스런 행렬이 시작되었다. 굴뚝같이 내뿜는 담배 연기, 아무렇게나 내뱉는 가래침, 신호 위반 등 하나같이 눈살을 찌푸리게 했다. 무심코 버린 담배꽁초가 바람에 불티를 날리며 낙엽과 함께 굴러갈 때는 불이 날까 겁이 났다. 공중도

덕의 불감증이 도를 지나치고 있다.

어제오늘 겪는 일도 아닌데 한숨이 절로 나온다. 앞에서 걸어가는 사람이 악취를 풍기면 뒤따라가는 사람이 그 냄새를 맡아야 하고, 실수를 하거나 잘못을 저지르면 화(禍)를 당하기 쉽다. 특히 위정자들의 발자취는 민족의 장래에 엄청난 영향을 끼친다. 사심을 버리고 올곧게 선정(善政)을 베푼다면 나라의 앞날이 평화와 번영으로 빛날 것이며, 사리사욕에 눈이 어두워 부정부패를 일삼는다면 나라의 장래가 암울할 수밖에 없다.

사람은 죽어도 역사는 영원하다. 무심코 지나간 자리에도 흔적이 남는다. 특히 조상의 불미스런 족적은 후손에게 무거운 멍에가 된다. 예나 지금이나 선대의 과오로 인해서 가계(家系)와 신분(身分)을 숨기고 억울하게 살아가는 후손이 한둘이 아니다.

나도 어느 결에 이순(耳順)이 지났다. 걸어온 길을 뒤돌아보니 대열의 후미가 아물거린다. 남기고 온 발자취가 행여 후손에게 누를 끼칠까 걱정된다. 얼마 남지 않은 인생! 앞으로는 더욱 조신하게 걸어야겠다.

2004년 늦가을

수국과 모란 그리고 바다

고향 집 정원에서 수국과 모란을 몇 뿌리 흙과 함께 일산 집으로 옮겨왔다. 향수가 밀려올 때마다 위로가 될 듯해서 오래 전에 마음 먹었던 일이다. 앞으로는 두 화초가 고향 생각을 얼마간은 덜어줄 것 같다.

수국과 모란은 어머니가 유난히 좋아하셨던 꽃이다. 살아계실 때는 혼자 보기에 아까운 품종이라며 여러 집에 분양해주셨다. 내게도 형편이 허락되면 몇 뿌리 옮겨가서 이웃에 나누어 주라고 일렀다. 그것도 보람 있는 보시(普施)라 하셨다.

그러나 옮겨오는 일이 생각처럼 쉽지 않았다. 처음 몇 년은 준비가 소홀하고 기술이 부족해서 번번이 실패했다. 이번에는 전문가의 도움까지 받아서 단단히 준비를 했다. 지성이면 감천이라 하더니 결국 뜻을 이루었다.

두 화초가 정원의 친구들과 이별하고 먼 길을 떠나오던 날이었다. 무슨 조화인지 늦더위가 기승을 부렸다. 포항에서 일산까지는 장장 천리 길이다. 걱정이 되어 가끔 차를 멈추고 트렁크를 열어주었다. 그 때마다 화끈화끈한 열기 때문에 숨이 막힐 듯했다. 시들시들한 이파리가 마치 임종을 앞둔 중환자 같았다. 천리 길이 구만리 같고 한 시간이 여삼추 같았다.

집에 도착하기 바쁘게 미리 준비해 둔 대형 화분에 함께 가져온 흙을 담고 심은 후 물을 흠뻑 주었다. 일주일이 지나도록 먼 길 여행의 후유증이 가시지 않았다. 정성을 다해 보살폈다. 보름쯤 지나자 비로소 생기를 되찾았다. 비밀스레 따라온 지렁이와 달팽이도 조심스럽게 흙에서 고개를 내밀고 새로운 세상을 두리번거렸다.

고향이란 그리움의 샘일까? 향수는 세월이 갈수록 더욱 샘솟는다. 올해도 이런저런 일로 시골집에 여러 번 다녀왔다. 하지만 귀향의 기쁨은 그 때뿐 며칠만 지나면 고향 생각은 여전하다.

"내 고향 남쪽 바다 그 파란 물 눈에 보이네.

꿈엔들 잊으리오. 그 잔잔한 고향 바다……."

"……."

나의 고향도 '가고파'와 같은 곳이다. 우리 집은 문만 열면 파란 바다, 긴 수평선, 수려한 해안이 한 눈에 들어온다. 날씨가 좋은 날은 아침마다 수평선에서 솟아오르는 일출을 볼 수 있고, 달 밝은 밤에는 은빛 물결이 반짝거린다. 바위에 부딪치는 파도 소리와 초저

녁 오존 냄새가 남다른 곳이다. 동해 남부 장기곶이 바로 나의 고향
이다.

아직도 어릴 적 바다 풍경이 눈에 선하다. 이른 아침에는 이 마을
저 마을 포구에서 고기잡이 떠나는 돛단배가 줄을 이었고, 한낮이
되면 자맥질하는 해녀들의 휘파람 소리가 요란했다. 크고 작은 배들
도 하루 종일 남북으로 오가곤 했다.

특히 여름 바다는 어린이들의 낙원이었다. 유년기에는 바닷가에
서 물놀이를 했고, 청소년기에는 작살로 물고기를 잡았다. 파고가
높은 날은 돛대를 타고 파도타기를 즐겼다. 청년이 되어서는 주로
장거리 수영과 다이빙을 하면서 체력을 연마했다.

우리 마을은 바위로 이루어진 해안선이 길고, 가까운 바다에는 크
고 작은 바위섬이 많다. 해저(海底)도 대부분 암석층(岩石層)이라서 미
역, 문어, 전복, 소라, 해삼, 멍게, 성게 등 각종해산물이 득실득실
했다. 앞 바다도 난류와 한류가 만나는 황금 어장이었다. 철따라 고
등어, 오징어, 가자미, 갈치, 멸치 등이 떼로 몰려왔다. 그 덕분에
밥보다 수산물을 더 많이 먹고 자랐다.

어릴 적에는 내 고향이 세상에서 가장 경치 좋고, 사람 살기 좋은
곳이라 생각했다. 여름 방학 때 친구들이 피서를 오면 "야, 낙원이
다……." 하면서 저들 집으로 돌아갈 생각을 하지 않았다.

고향에 돌아가고 싶다. 그 날이 오면 이른 아침에 일어나서 갈매
기 소리에 머리와 귀를 씻은 후 일출과 노을의 장관을 감상할 것이

다. 밤이 되면 파도 소리를 자장가 삼아 잠을 청할 것이다. 가끔은 바닷가 바위에서 낚시질도 해야겠다.

그 때까지 베란다 화분에서 고향의 흙냄새를 맡으며 모란과 수국을 정성껏 가꿀 것이다. 그리고 흙 속에 따라 온 지렁이와 달팽이도 꾸준히 보호할 작정이다.

2004년 9월

07
모란이 핀다

　모란이 또 꽃봉오리를 터트린다. 요 며칠 사이에 다섯 송이나 피었다. 꽃송이가 유난히 우아하고 곱다. 꽃샘추위가 연일 기승을 부려도 아랑곳하지 않는다. 꽃 중의 꽃이다.

　올봄에는 동장군의 심통이 유별스럽다. 기상대 발표에 따르면 이달*에 내린 적설량이 1미터를 넘었다고 한다. 지난 10년 동안 3월에 내린 눈을 모두 합친 양보다 더 많다고 한다. 강원도 강릉 일대는 재산 피해가 심각하다. 교통이 두절되고, 산간마을은 완전 고립되었다. 매서운 한파다.

　북상하던 봄기운이 걸음아 날 살려라 하고 오던 길로 되돌아가버렸다. 화신의 전령 산수유도 미동(微動)을 멈추고 기척도 하지 않는다. 사람들은 다시 두툼한 겨울옷으로 갈아입고 옷깃을 여민다.

계절이 오가는 것은 대자연의 엄연한 질서다. 그러나 동장군은 어느 한 해도 조용히 물러나는 예가 없다. 떠날 때는 언제나 표정이 시무룩하고 발길이 무겁다. 돌아오는 봄기운이 조금만 걸음을 재촉하면 되돌아서서 길을 가로막고 심술을 부린다. 올해는 그 저항이 더욱 끈질기고 매섭다.

그러나 우리 집 모란은 이런 악천후를 조금도 두려워하지 않는다. 되돌아온 동장군이 창문 바깥에서 눈을 흘기며 어슬렁거려도 태연자약하다. 심통이 난 동장군은 때때로 세찬 바람을 데리고 와서 유리창을 덜커덩덜커덩 흔들며 으름장을 놓는다. 그도 부족해서 연일 눈까지 퍼부어댄다. 그래도 모란은 의지를 굽히지 않는다.

모란은 작년 9월 수국과 함께 시골집 정원에서 옮겨왔다. 보는 사람마다 야성(野性)이 강해서 베란다에서는 꽃을 피우기가 쉽지 않을 것이라 했다. 그래서 전문가에게 자문을 받으며 최선을 다했다. 이런 애틋한 정성을 헤아렸을까? 3월 초순부터 화사하게 꽃을 피운다.

모란과 수국은 동네 화원에서도 살 수 있다. 그런데도 굳이 고향집 정원에서 옮겨온 것은 그만한 이유가 있다. 두 화초는 우리 집에서 가장 오래 가꾼 화초일 뿐만 아니라 어머니가 제일 사랑했던 꽃들이다. 모정과 향수가 밀려올 때마다 위로가 될 듯해서 이식(移植)을 고집 부렸다. 활짝 핀 모란꽃을 볼 때마다 기대 이상의 보람을 느낀다.

모란은 꽃이 모두 진 뒤에도 품격을 잃지 않는다. 무성한 잎은 봄부터 가을까지 관상용 화초로 일품이다. 다른 화분과 달리 모란 화분 곁에 있으면 기분이 신록이 우거진 깊은 산 속에 있는 듯하다. 가끔 이름 모를 새들이나 매미가 창가 정원수에서 지저귀면 운치가 더해진다.

당나라 이래로 중국 사람들은 모란을 화중왕(花中王), 꽃 중의 꽃으로 여기며 매우 사랑했다고 한다. 그런 취향은 호사(豪奢)가 아니라 자연을 꿰뚫어보는 혜안(慧眼)을 지녔기 때문이라 생각된다. 나도 모란을 가꾸면서 비슷한 생각을 자주한다.

모란은 생명력이 무척 강하고 끈질기다. 특히 우리 집 모란은 그 어느 꽃보다 먼저 피는 선구자의 기질이 있다. 꽃송이도 유난히 크고 우아하며 색깔도 고상한 담홍색이다. 마치 인품이 중후한 중년 여인 같다. 십 여일 피어 있다가 지지만 그 정겨움과 환희의 여운은 이듬해 다시 필 때까지 뇌리에서 가시지 않는다.

꽃샘추위가 조금도 누그러질 기미를 보이지 않는다. 창밖에 또 눈이 휘날린다. 앙상한 정원수마다 하얗게 눈꽃이 피었다. 문틈으로 스미는 찬바람에 손끝이 시리다. 질세라 모란이 또 꽃봉오리를 터뜨린다.

2005년 3월

---

* 3월에 눈이 내린 날 4, 5, 17, 18, 22일

08
가마솥에 누룽지

　식당 이름이 '가마솥에 누룽지'였다. 바깥에서 간판을 보는 순간 느낌이 좋았다. 아니나 다를까 음식 맛과 종사자의 친절이 누룽지같이 구수했다. 요즈음은 빛 좋은 개살구도 많은데 이름값을 톡톡히 했다.

　제주도 문우들이 굳이 그 식당으로 데리고 간 마음씨를 쉽게 짐작할 수 있었다. 식사를 함께하는 동안 나눈 대화도 십년지기같이 다정다감했다. 소박한 인정 역시 가뭄에 단비 같았다.

　어제 오후에 제주도 그랜드호텔에서 백록수필 동인지 제5집 출판 기념회 및 문학 세미나가 있었다. 제주대학교 평생교육원 수필 창작 교실 원생(院生)들이 마련한 행사였다. 이심전심일까 서울서 출발할 때부터 예감이 좋았다.

　비행기에서 내리니 비가 주룩주룩 내리고 있었다. 청사에 들어서자 마중 나온 문우들이 반갑게 맞이했다. 공항에서 시내에 있는 식당까지도 미리 준비한 승용차로 교통의 번거로움을 덜어주었다. 비를 머금은 가로수 백일홍도 마치 손을 흔들며 환영하는 예쁜 소녀들 같았다.

　점심 식사를 마치고 행사장 2층 회의실에 들어서니 많은 사람이 성황을 이루고 있었다. 대부분의 참석자들은 오래 전에 사귄 사람같이 표정이 밝고 인사가 깍듯했다. 옆 사람과 주고받는 대화도 화기애애했다. 행사를 마친 후 숙소와 관광지에서 만났던 사람들도 한결같이 따뜻했다.

　예로부터 제주도를 삼다(三多)의 섬, 또는 삼무(三無)의 섬이라고 부른다. 바람, 돌, 여자가 많고 거지, 도둑, 대문이 없다는 뜻이다. 삼무는 결코 생활이 넉넉해서가 아니다. 저마다 지니고 있는 착한 마음씨 때문이라고 한다.

　K 선생은 이런 심성과 생활 풍토는 천혜의 덕이라 했다. 인정이 메마르고 성질이 고약한 사람도 제주도에 와서 오래 살다보면 몰라보게 달라진다고 했다. 날마다 아름다운 자연 속에 살면서 맑은 공기와 맛 좋은 물을 마시기 때문이라고 했다.

　제주도의 자연경관은 수려하기로 세계에서 손꼽힌다. 우뚝 솟은 한라산은 사방 어디서나 우러러보인다. 산세가 웅장해도 우쭐됨이 없고, 많은 비경을 품고 있으면서도 잘났다고 뽐내지 않는다. 정상에 자리한 백록담에서는 사슴이 풀을 뜯고, 지나가는 바람과 구름도 잠시 쉬어서 간다. 민족의 영산(靈山)이다.

해안선을 따라 넘실거리는 파란 바다가 인상적이었다. 곳곳에 생겨난 바위와 기암절벽도 마음을 사로잡았다. 특히 성산 일출봉, 서귀포 천지연폭포·주상절리대 등의 빼어난 경관은 신비를 더해주었다.

제주도는 절해고도다. 주위 바다는 각종 어종이 풍부한 황금 어장이다. 부근 해상에서 고기잡이하는 어선과 지나가는 화물선의 이상적인 기항지(寄港地)이다. 만약 그 바다에 제주도가 없었다면 풍랑과 태풍, 갑작스런 해난 사고로 많은 목숨과 재산을 잃었을 것이다. 고마운 섬이다.

새삼 옛 생각이 떠오른다. 내가 어릴 적이다. 해마다 봄이 되면 성산, 애월, 중문, 남원 등지에서 많은 해녀들이 돈을 벌기 위하여 동해 남부 장기곶 우리 마을을 찾아왔다. 그들은 봄, 여름, 가을까지 돈을 벌어서 늦은 가을에 다시 고향으로 돌아갔다. 그리고 해가 바뀌면 다시 찾아오기를 반복했다. 개중에는 귀향을 포기하고 아주 눌러앉아서 대를 이어 살아가는 사람들도 있다. 그 중에는 어릴 적부터 20여 년 간 한집에서 친형제같이 지낸 형도 있다. 돌이켜 생각해 보니 그 많은 사람 중에서 나쁜 사람이 한 사람도 기억에 떠오르지 않는다.

40여 년이 지난 지금도 사람들의 마음씨만은 예나 별로 다를 바 없었다. 다른 곳과 달리 제주도는 문명의 이기심도 그리 심하지 않았다. 가마솥에 누룽지같이 구수한 인정과 빼어난 자연경관은 나를 자주 부를 것 같다.

2005년 가을

09
보리밭

　천여 평이나 되는 밭에 익어가는 보리 이삭이 탐스럽다. 바람에 일렁이는 은빛 물결이 석양에 황홀하다. 가까이 다가가니 구수한 보리 냄새가 진동한다. 오랜만에 다시 보는 고향의 옛 풍경이다.

　보리농사가 사라진 지 꽤 오래다. 내 고향 마을은 사방이 밭이다. 어린 시절에는 철 따라 보리와 콩을 번갈아 경작했다. 오뉴월이 되면 밭마다 푸른 보리가 무럭무럭 자랐다. 나는 하루에도 몇 번씩 그 사이 길을 지나다녔다. 보리밭은 동심을 살찌게 한 나의 정원이었으며 수많은 추억을 만들어준 향수의 산실이었다.

　오뉴월 연한 초록빛 보리밭 풍경은 동심까지 푸르게 했다. 그 시절 정오가 되면 이삼십 명의 아이들이 방목을 위해 소를 몰고 함께 산에 올랐다. 마을을 벗어나면 보리밭 사이 길이 꽤 길게 이어졌다.

그 중간 중간 밭둑에 찔레와 인동꽃이 피었다. 꽃향기가 진동하면 성큼성큼 걸어가는 소 등에 고삐를 걸쳐놓고 대열을 이탈해서 꽃무리에 코를 묻고 향기를 맡았다. 때로는 인동꽃을 한 움큼 따서 산을 오르면서 그 꿀을 입으로 빨기도 했다. 보리피리와 버들피리도 그 시기에 불었다.

보리는 오랜 세월 동안 우리 민족의 몸과 마음을 살찌게 해주었던 주 식량이었다. 그 시절에는 푸짐한 보리밥 한 그릇에 뚝배기 된장, 싱싱한 풋고추와 고추장만 있어도 진수성찬이 부럽지 않았다. 논이 적고 밭이 많은 내 고향 사람들은 보리의 고마움을 잊을 수 없다.

보리는 살벌한 허허 들판에서 혹한을 이겨내는 의지의 농작물이었다. 해마다 늦가을에 씨를 뿌려서 그 이듬해 여름 수확했다. 한해살이 식물에서는 보기 드문 사례였다. 오로지 농사에만 의존하고 살아야 했던 당시로서는 은혜로운 식물이었다.

겨울이 다가오면 다른 작물과 풀들은 육신을 버리고 씨와 뿌리로 은둔을 시작한다. 그러나 보리는 독불장군같이 용감하게 땅을 박차고 나와서 파란 새싹을 틔운다.

날씨가 아무리 추워도 삭막한 들판을 지키며 초록빛을 잃지 않았다. 자존심이 상한 동장군은 영하의 기온과 세찬바람으로 보리의 얼굴을 사납게 할퀴면서 생명을 위협했다. 때로는 엄청난 눈을 퍼부어 숨통을 죄이기도 했다. 그래도 굴하지 않고 꿋꿋하게 혹한을 이겨내며 봄을 기다렸다. 그러다가 봄이 돌아오면 허기에 지친 사람들을 위하여 무럭무럭 자랐다.

40여 년 전까지만 해도 봄은 기아의 계절이었다. 겨울이 지나가고 봄이 돌아오면 식량이 부족해서 초근목피(草根木皮)로 연명했던 가정이 한둘이 아니었다. 어른들은 그 때를 춘궁기 또는 보릿고개라 불렀다. 그 고개에서 숨이 찰 때쯤 되면 보리는 한여름의 초록을 스스로 포기하고 은빛 옷을 갈아입었다. 그리고 튼튼한 이삭을 정성껏 간수한 다음 농부들에게 몸을 맡겼다. 희생과 헌신의 정신이었다.

보리를 다 베고 나면 밭 한 자락에다 간이 마당을 만들고 굵은 돌두세 개를 설치했다. 그리고 질기고 단단한 물푸레나무와 칡으로 도리깨를 만들었다. 돌에서는 보릿단을 태질하여 알곡을 털었고 도리깨로는 보릿짚에 남은 낱알을 마저 털었다. 알곡을 다 털고 나면 모든 일꾼들은 도리깨를 들고 양쪽에 갈라서서 알갱이에 붙은 수염을 부수기 시작했다. 이 때 농부들은 한쪽 다리를 번쩍번쩍 올리며 "올해 농사 대풍이네 / 오호 호해야……." 하고 농가(農歌)를 부르며 도리깨를 힘차게 내리쳤다. 지나가던 사람들도 흥이 나서 어깨를 들썩거렸다. 협동과 신명의 한 마당이었다.

그 시간 어머니는 집에서 귀한 쌀밥을 짓고 맛있는 반찬과 잘 빚은 막걸리를 준비했다. 식사 시간이 되면 도로 옆 타작마당에 융숭한 잔치가 벌어졌다. 이웃 사람과 지나가던 사람들과도 음식을 나누어 먹었다. 화합과 우정의 한 마당이었다.

보리농사는 30여 년 전까지도 명맥이 유지되었다. 그 당시 정부에서는 식량 부족을 극복하기 위하여 쌀, 보리쌀 혼식을 장려했다. 그

시절이 어제만 같다. 요즈음은 농촌에서도 보리밥을 거의 구경할 수
없다.

정겨웠던 보리밭 풍경과 푸짐했던 보리밥이 사라진 후로는 농촌의
인정과 인심이 예전 같지 않다. 다행스럽게도 건강식과 화초용으로
다시 보리 경작이 조금씩 늘어난다고 한다. 기사회생(起死回生)의 기
회가 되었으면 한다.

2006년 봄

10

황혼의 덫

술에 취하면 집에서 잘 운다는 친구가 있다. 왜 우는지 그 사연이 늘 궁금했다. 그는 자수성가하여 비교적 생활도 넉넉하고 가정도 화목하다. 어느 날 함께 술을 마시면서 넌지시 그 이유를 물어보았다.

"야! 이 친구야, 몰라서 묻느냐……." 하면서 버럭 화를 냈다.

그래도 한동안 의문의 수수께끼가 풀리지 않았다. 술이 거나하게 취하자 비로소 속내를 털어놓았다. "돈, 그거 별것 아니야! 내일이라도 내 어머니와 매제같이 치매에 걸린다면 그까짓 돈이 무슨 소용인가." 하면서 또 눈시울을 붉혔다.

그랬다. 친구의 어머니는 다년간 치매를 앓다가 여든이 지나서 돌아가셨다. 그의 매제는 40대 초부터 치매로 고생한다. 20여 년이 지난 지금은 병이 더욱 깊어져서 이제는 세상만사를 모른다. 그동안 가족의 수고와 마음고생이 이만저만이 아니었다.

　이런 친구도 있다. 그는 젊어서부터 성격이 원만하고 인정이 많았다. 지성과 인격도 늘 주위에 귀감이 되었다. 그런 친구가 오륙 년 전부터 달라지기 시작했다. 전과 달리 이해할 수 없는 처신이 빈번하며 사소한 일에도 신경과민이다. 때로는 상식과 예의에 어긋나는 언행도 서슴지 않는다. 치매가 의심된다. 이런 전후 사정을 모르는 사람들은 근년의 정황만 보고 위선자 운운하며 원망과 비난을 쏟아낸다. 그 때마다 가슴이 몹시 아프다.

　치매는 다른 병과 달리 만성이 되면 뇌 기능이 거의 상실된다. 망령을 부리고 대소변을 가리지 못하는 것은 흔한 증상이며, 그보다 더 안타깝고 가련한 것은 느닷없는 가출이다. 잠깐만 한눈을 팔면 정처 없이 떠나버린다. 그래서 집에 사람이 없을 때에는 어쩔 수 없이 바깥에서 방문을 잠그든지, 아니면 쇠사슬로 발목을 묶어둔다. 치명적인 황혼의 덫이다.

　얼마 전 고향에 갔을 때다. 치매에 걸린 친구 모친이 궁금하여 찾아보았다. 아무도 없는 빈집에 안방 문고리만 굵은 나일론 끈으로 칭칭 묶여 있었다. 감히 문을 열어볼 수 없었다. 마음이 울적했다.

　가족을 기다리며 잠깐 마당에서 서성거릴 때다. 뒷산에서 뻐꾸기 한 마리가 '뻐꾹뻐꾹' 하며 노래를 불렀다. 골목길 옆 나무에서는 까치 한 쌍이 집을 보수하느라 분주했다. 바닷바람에 실려 오는 오존 냄새와 소나무 향기가 물씬물씬했다.

이 좋은 오월에 친구 모친은 계절의 혜택도 누리지 못하고 방안에 갇혀 지냈다. 몇 년 전만 해도 비교적 건강하셨다. 발병 초기에는 아무도 치매라고 생각하지 않았다. 눈 깜박할 사이에 병이 저토록 깊어져버렸다. 무서운 병이다.

통계청 자료에 의하면 2015년까지 65세 이상 노인 인구의 치매 유병(有病) 율이 9%에 이를 것이라고 한다. 그 때가 되면 나도 팔순을 바라보게 된다. 물론 예방 노력은 꾸준히 하겠지만 불안스럽다. 운명이란 내일을 예측할 수 없기 때문이다.

전문가들은 치매의 초기 증상으로 기억 및 이해의 장애, 계산 능력의 저하, 사고의 빈곤화, 감정 장애, 비정상적인 행동, 우울증 등을 꼽는다. 내 주위에도 치매로 의심되는 사람이 몇 명 있다. 그런데도 나는 예외겠지 하며 강 건너 불 보듯 한다. 일찍 발견하면 더 이상의 진행을 막을 수 있다고 하는데…….

그러나 대부분의 환자가 설마 하다가 자기도 모르는 사이에 정신을 놓아버린다. 이 지경에 이르게 되면 고통과 세상만사를 모르는 본인과 달리 가족은 눈물겨운 수고와 고뇌를 감당해야 한다.

친구의 눈물과 푸념이 남의 일 같지 않다. 인간의 운명은 그 누구도 점칠 수 없다. 건강은 미리미리 스스로 챙기는 것이 최선의 방법이다. 나도 더 늦기 전에 치매 검사를 받아 봐야겠다.

2007년 5월

11

붉은머리오목눈이

고향의 빈집을 지키던 붉은머리오목눈이 무리가 어디론가 떠나버렸다. 어미를 따라가지 못한 새끼들이 가슴을 몹시 아프게 한다. 오늘은 어제보다 힘이 더 떨어졌다. 며칠을 더 버티지 못할 것 같다.

새들의 생활터전은 장독대 옆 텃밭이었다. 그 곳에는 대나무, 닥나무, 벚나무 등이 사이좋게 공생한다. 그 중에서 벚나무는 저들의 망루 역할을 톡톡히 했다. 언제나 한두 마리의 새가 우듬지에서 망을 보고 있었다. 이 작은 숲 속에 조롱박 같은 둥지가 10여 개나 매달려 있었다. 민가에서 보기 드문 귀한 정경(情景)이었다.

새들이 떠난 것은 친지 몇 분의 지나친 배려 때문이었다. 이틀 전에 그 나무들이 너무 무성하다고 모두 베어 버렸다. 그 때에 어미 새들은 깜짝 놀라 줄행랑을 쳐버렸다. 어수선한 풀밭에는 막 부화한 새끼들이 오들오들 떨면서 어미를 애타게 기다리고 있었다.

그러나 어미 새들은 영영 돌아오지 않을 것 같다. 불시에 평화스러운 삶의 터전과 사랑스러운 새끼들을 잃어버렸으니 그 충격이 오죽했을까? 대다수 조류는 본능적으로 새끼들을 구하기 위하여 목숨도 불사(不辭)한다고 한다. 그것들도 죽음을 각오하고 마지막까지 투혼을 아끼지 않았을 것이다. 그러나 저들의 힘으로는 도저히 감당할수 없는 불가항력이었다.

내가 야생 조류와 각별해진 것은 12년 전 어머님이 돌아가신 이후부터다. 그 때나 지금이나 일 년에 두세 번은 이런저런 이유로 고향에 다녀온다. 갈 때마다 아무도 살지 않는 빈집에서 홀로 고독을 삼키고 돌아온다.

그러던 어느 날 새들의 분주한 생활 모습과 지저귐이 더욱 정겹게 느껴졌다. 찾아주는 사람이 없을 때는 새들이 유일한 벗이다. 이른 아침에는 잠을 깨우고, 정원에서 일할 때는 옆에서 벗이 되어 준다. 바쁘게 움직이는 먹이 사냥도 눈여겨보면 재미가 있다.

특히 친했던 친구는 보일러실에다 둥지를 틀고 살았던 굴뚝새 한 쌍이었다. 그 새들은 고향에 갈 때마다 연인같이 반겨주었다. 오래오래 살리라 믿었는데 어느 날 무심히 떠나버렸다. 몹시 서운했다. 그 뒤를 이어서 나타난 새로운 친구가 바로 붉은머리오목눈이었다. 오목눈이는 단독 생활하는 굴뚝새와 달리 무리를 이루고 살기 때문에 훨씬 떠들썩하고 생동감이 넘쳤다.

정겹던 장난꾸러기들이 보이지 않으니 집 안이 적막강산이다. 문

지방이 닳도록 사람들이 들끓었던 어린 시절을 생각하면 새삼 낯설기까지 하다. 그 당시 우리 집은 만남과 우정의 장소로 한몫을 톡톡히 했다. 농한기가 되면 마을 사람들은 양지바른 우리 집 울타리 밑에 모여서 바다 구경을 했다.

아름다운 해안 경치와 변화무궁한 바다풍경은 항상 눈길을 팔게 했다. 거친 풍랑(風浪)을 헤치면서 아슬아슬하게 질주하는 돛단배, 해녀들의 무자맥질, 건착선들의 고등어잡이, 포경선의 고래잡이 등 바다는 수많은 구경거리를 쉬지 않고 제공했다. 바다가 한산할 때에는 방에서 쉬어 가기도 했다.

밤에도 사랑방에는 이슥하도록 불이 꺼지지 않았다. 여러 사람이 모여서 새로운 화제와 옛날이야기로 꽃을 피웠다. 때로는 생활 정보를 교환하고 마을 발전을 위하여 토론도 했다. 기제사와 명절 때에는 늘 음식이 부족했다. 그런 운치와 미풍도 무정한 세월이 야금야금 빼앗아 가버렸다.

지금은 그 사람들의 몫을 새들이 대신하고 있다. 인적이 없고 먹이가 넉넉하니 가히 새들의 낙원이라 할만하다. 10평 남짓한 텃밭과 20여 평이나 되는 정원에는 지렁이, 애벌레, 풀씨 등 각종 먹이가 넉넉하다. 터줏대감은 역시 참새다. 그 외에도 까치, 제비, 박새, 딱새, 방울새, 동고비 등도 찾아온다. 그런 새들이 늘 정겹고 고맙다.

고향도 이제는 예전 같지 않다. 빈집이 해마다 늘어나고 있다. 그림 같은 바다와 해안 풍경도 대부분 사라지고 변해버렸다. 농악, 윷

놀이, 그네뛰기와 같이 흥겨웠던 민속놀이도 마찬가지다. 눈을 감고 사색하지 않으면 고향도 타향 같은 느낌이다.

해거름이다. 한 무리의 참새가 정원에서 짹짹거리며 먹이 사냥에 분주하다. 행여나 해서 텃밭을 지켜보았다. 기다리는 오목눈이는 돌아오지 않고 새끼들만 풀밭에서 꼼지락거리고 있다.

2007년 오월

12

연어가 돌아오고 있다

멀리 북태평양에서 연어 떼가 돌아오고 있다. 이미 도착한 무리는 흐르는 물살을 가르며 힘차게 강을 거슬러 올라가고 있다. 환영이라도 하듯 좌우 산에는 단풍이 울긋불긋하다.

모천을 떠난 지 사오 년 만이다. 어릴 때 지나갔던 길을 까먹지 않고 용하게 찾아온다. 바다 속에는 육지와 달리 아무런 이정표도 없다. 도대체 머나먼 이곳 태생지까지 어떻게 찾아올까? 해마다 직·간접으로 보는 광경이지만 늘 새롭고 감동적이다.

북태평양에서 우리나라까지는 만 리나 되는 머나먼 길이다. 지나오는 길목마다 어부들이 지키고 포식자들이 득실거린다. 때로는 파도가 거세게 일고 어떤 곳에는 해류가 강물보다 세차다. 그런데도 지친 기색이 전혀 보이지 않는다. 모두가 힘차고 당당하다.

가을은 귀향의 계절일까? 나도 해마다 단풍이 물들면 하루에도 몇 번씩 고향 생각이 난다. 뒤따라 서리가 내리고 나뭇잎이 우수수 떨어지면 더욱 진해진다. 늙으면 고향에 돌아가서 살겠다고 나까지 5대가 연이어 살았던 집을 비워둔 지가 벌써 11년이 지났다. 해마다 어김없이 돌아오는 연어를 볼 때마다 고향에 돌아가고 싶은 마음이 굴뚝같다.

치어들이 곰지락거리며 모천을 떠날 때에 보았다. 어설픈 몸짓이 하도 불안해서 마음이 측은했다. 저것들이 수개월 동안 거친 바닷물을 해치고 머나먼 길을 간다는 것이 도저히 믿어지지 않았다.

가는 도중에 많은 치어가 희생된다고 한다. 곳곳에서 포식자의 먹이가 되고 때로는 거친 파도를 만나 죽임을 당한다. 가까운 바다를 마다하고 굳이 어미 아비가 살았던 북태평양까지 꼭 가야만 되는지, 머나먼 여정(旅程)이 참으로 딱해 보였다.

최종 목적지에 무사히 도착한 치어들은 그 곳 심해에서 성어가 될 때까지 황금기를 보낸다고 한다. 그러다가 사오 년이 지나면 산란을 위하여 다시 갔던 길을 되돌아온다. 가까운 러시아, 캐나다, 북미, 일본을 마다하고 기어이 태생지인 우리나라를 찾아온다.

고향을 그리는 마음은 사람도 마찬가지다. 그러나 연어와 같이 귀향의 꿈을 이루기가 쉽지 않다. 얼마 전 중국에서 자칭 독립운동가 후손을 만났다. 그는 모국이 그리워서 하루에도 몇 번씩 조국 하늘을 바라보며 망향가를 부른다며 눈시울을 붉혔다. 허락이 된다면 당장 조상의 고향에 돌아가서 살고 싶다고 했다. 수난의 역사가 만들

어 놓은 애꿎은 후손들이다. 고국을 그리는 국외 동포들의 마음이 간절하게 느껴지는 계절이다.

어제 텔레비전에서 연어의 회귀(回歸) 대장정(大長程)을 방영했다. 떼를 지어 강을 거슬러 올라가는 모습은 가히 장관이었다. 하류와 달리 상류가 가까워질수록 급류와 낙수가 요소마다 길을 가로막았다. 동면 채비를 하는 곰들도 길목을 지키고 있다가 배를 채웠다. 약삭빠른 놈들은 폭포수 위에서 기다리다가 있는 힘을 다해 뛰어오르는 연어들을 덥석덥석 잡아먹기도 했다. 그래도 주저하거나 두려워하지 않았다. 희생을 무릅쓰고 위험한 강물을 계속 거슬러 올라갔다.

장기간 온갖 고난을 극복하고 최종 목적지에 도착한 무리는 숨 돌릴 틈도 없이 산란 준비를 시작했다. 안전하고 쾌적한 장소를 물색한 다음 암수가 주둥이와 꼬리로 혼신의 힘을 다해 산란장을 만들었다. 알을 낳고 정자를 뿌린 후에는 다투어 자갈로 덮어주었다. 기진맥진한 연어들은 조용히 최후를 맞이했다.

죽은 연어들은 흐르는 강물을 따라 둥둥 떠내려갔다. 더러는 곰,

물수리, 갈매기들의 먹이가 되고, 나머지는 그 강에서 살아가는 물고기, 식물, 미생물 등의 영양분이 된다. 살아서도 헌신 죽어서도 헌신이다.

다른 동물과 달리 기어이 모천에 돌아와서 산란을 마치고 자연으로 돌아가는 연어의 회귀본능이 늘 감동적이다. 나도 여생을 고향에 돌아가서 살다가 단풍 향기 그윽한 어느 날 한 마리 연어가 되고 싶다.

2007년 가을

PART

동 / 심

01

울고 가는 우순이

며칠 전 어느 산촌을 지나갈 때였다. 늙은 암소 한 마리가 터벅터
벅 주인에게 끌려가고 있었다. 가까운 언덕에는 한 소년이 그 뒷모
습을 물끄러미 바라보고 서 있었다. 소는 다가오는 운명을 예측이라
도 한 듯 몇 번이나 뒤돌아보며 '음매……. 음매…….' 하고 울었다.
소년은 소가 마을 어귀를 돌아갈 때까지 돌부처같이 그 자리에 서 있
었다.

"주인장, 그 소를 몰고 어디로 가십니까?" 하고 물었다. "소가 너
무 늙어서 팔러갑니다." 이에 덧붙여 "젊었을 때는 일을 잘 했습니
다. 새끼도 쑥쑥 많이 낳았지요. 그랬는데 지금은……." 하며 말꼬
리를 흐렸다.

정든 소를 팔러 가는 심정이 오죽했을까. 그렇게 팔려간 소는 대

부분 도살장 신세를 면하기 어렵다고 한다. 같은 가축이라도 돼지, 개, 닭 등은 일을 하지 않아도 축사와 먹이를 제공받는다. 그러나 소의 경우는 처지가 다르다.

지금은 발달한 영농기계 덕분에 노역의 고통은 줄었지만, 예전에는 일생 동안 주인을 위하여 부지런히 일을 해야 했다. 열 달에 한 마리씩 낳는 새끼는 농촌 살림에 큰 보탬이 됐다. 예나 지금이나 소는 죽어서도 최고의 맛과 영양으로 우리의 건강을 지켜준다.

흔히 사람들은 소를 미련하고 우직한 동물이라며 얕보고 업신여기지만 그렇지가 않다. 소는 인간의 기쁨, 슬픔, 노여움, 두려움과 같은 감정을 다 알아차린다. 웬만한 말은 알아듣고 시키는 대로 한다. 어린아이가 고삐를 잡고 걸어가도 그를 따라 고분고분 걸어간다.

소는 오랜 세월 동안 인간을 위하여 충직하게 살아왔다. 평생 멍에를 메고 쟁기질을 해야 했고, 무거운 짐의 운반도 도맡아 했다. 이삼 미터 되는 고삐가 쇠사슬같이 튼튼하고 질겨서 자유를 포기한 것이 아니다. 마음만 먹으면 언제든지 인간의 곁을 탈출하여 들소같이 살 수도 있다.

그러나 소는 함부로 배은망덕한 짓을 하지 않는다. 다른 짐승과 달리 충직, 근면, 온유, 인내와 같은 덕(德)을 지니고 있기 때문이다. 그래서 소를 짐승 중의 군자라 한다.

구한말(舊韓末)의 대학자이며 정치가인 황매천(黃梅泉)은 어느 마을 사람이 소를 크게 꾸짖는 것을 보고 그를 외진 곳으로 데리고 가서 낮은 소리로 "이 사람아, 소도 지각이 있으니 임자의 꾸짖는 소리를 들으면 그 마음이 얼마나 아플 것인가. 조용조용 타이르게." 하였다고 한다.

어릴 적에 우리 집도 농사와 재산 증식을 위하여 암소를 연이어 여러 마리 사육했다. 그 중에서 십여 년 동안 기른 우순(牛順)이란 암소는 새끼도 잘 낳고, 일도 꾀부리지 않고 열심히 했었다. 성질이 온순하고 충직해서 가족 모두가 관심과 보살핌을 아끼지 않았다.

나도 우순이 보살피는 일만은 힘닿는 데까지 거들었다. 겨울에는 자주 쇠죽을 끓였고, 봄이 돌아오면 부지런히 풀을 뜯어왔다. 여름철에는 더욱 분주했다. 이른 새벽 교회종이 울리면 소를 몰고 가까운 산이나 들에 나가 이슬 맺힌 풀을 뜯어먹게 했고, 오후가 되면 산에 몰고 가서 방목을 했다. 가을에는 개울이나 봇도랑에서 미꾸라지를 잡아다 먹였다.

농번기가 되면 어머니는 가끔 우순이를 이웃집에 빌려주었다. 빌려간 사람들은 해가 저물기 전에 한 이랑이라도 더 갈아엎기 위해서 우순이를 사정없이 부렸다. '이러…….' 하며 고삐로 소 등을 힘차게 내려칠 때에는 마음이 몹시 아팠다. 하루는 가까운 곳에서 그 광경

을 지켜보다가 일꾼이 점심 먹는 틈을 타서 몰래 소를 몰고 산으로 도망가 버렸다. 그날 밤 어머니에게 심하게 꾸지람을 들었다.

그렇게 정들었던 늙은 우순이가 어느 날 눈물을 흘

리며 소 장수에게 끌려갔다. 우순이 역시 마을 어귀를 돌아갈 때까지 몇 번이나 뒤돌아보며 '음매……, 음매…….' 하고 울었다. 나도 우순이가 시야에서 사라질 때까지 물끄러미 뒷모습을 지켜보며 눈시울을 적셨다.

그날 노인에게 끌려가던 암소의 운명이 궁금하다. 살았을까, 죽었을까? 아직도 언덕 위에 서서 소의 뒷모습을 시름없이 바라보던 그 소년의 모습이 자꾸 눈에 어른거린다.

1990년 9월

02
동남풍아 이겨라

잔잔한 바다에 기다리던 동남풍 전선이 나타났다. 오전 내내 기승을 부리던 폭염이 고개를 숙인다. 그러나 동남풍은 바다 여기저기에 검은 물결 그림만 그렸다 지웠다할 뿐 더 이상 전진하지 않는다.

심상치 않은 징조다 했더니 아니나 다를까 갑자기 역풍(逆風)이 나타나서 동남풍의 진로를 가로막는다. 멀리 수평선 쪽에는 북동풍이, 내륙 가까운 바다에서는 서풍이 각각 전선을 형성하고 한 치도 물러설 기미를 보이지 않는다. 시간이 지날수록 바람들의 싸움이 치열하다. 전선과 전선이 맞닿은 곳에는 파도가 하얗게 부서진다.

오늘은 꼭 동남풍이 이겨야 한다. 그래야 농어민들의 어두운 얼굴이 환하게 밝아진다. 연일 계속되는 폭서 때문에 농수산물의 피해가 심각하다.

벼는 도열병과 멸구 같은 병충해 때문에 신음하고 콩, 고추와 같은 밭작물은 폭염과 기갈로 고사(枯死) 직전이다. 바다에서는 수온(水溫) 상승으로 양어장(養魚場)의 물고기와 양식장(養殖場) 멍게가 죽어가고 있다. 철 따라 오던 오징어도 잘 잡히지 않는다고 한다.

바람은 바다 환경에 많은 영향을 미친다. 북동풍이 불면 수온이 올라가고, 동남풍이 불면 수온이 내려간다. 정상적인 수온 유지에는 서풍이 제일 좋다. 요즈음과 같이 폭염이 계속될 때는 동남풍이 불어야 시원하다. 이런 것이 자연의 균형을 위한 조화(造化)의 묘(妙)다.

오늘의 바람 싸움은 6·25전쟁을 연상케 한다. 그 때 괴뢰군도 포항까지 역풍같이 밀려왔다. 해안선을 따라 남하한 부대는 북동풍 같았고 중부전선을 따라 남하한 부대는 서풍 같았다. 형산강을 사이에 두고 최후의 방어진을 구축한 아군은 오늘의 동남풍과 흡사했다. 아군은 함락 직전의 나라를 지키기 위하여 열세를 극복하고 고군분투했다. 결국 포항을 탈환하고 그 여세를 몰아 압록강, 두만강까지 진격했다.

지금도 형산강 옛 다리에 총알 자국이 선명하다. 아군은 시내를 탈환하기 위하여 하나뿐인 그 다리 위로 거듭거듭 진격을 시도했다. 그 때마다 적군의 빗발치는 총탄에 맞아 강물로 떨어지는 아군이 낙화 같았다고 한다.

포항 전투는 참으로 치열했다. 날마다 비행기 폭격과 함포사격이 끊이지 않았다. 하늘 높이 치솟는 불기둥과 귀청을 찢는 공포의 굉음은 간담을 써늘하게 했다. 전쟁이 남긴 피해와 상처가 엄청났다.

그 때 어머니와 여동생도 포항 시내에 살고 있었다. 나는 피난민이 밀려오는 길목에서 눈물을 훔치며 종일토록 기다렸다. 그러나 그날은 끝내 돌아오지 않았다. 할머니는 땅을 치며 통곡했다. 죽은 줄로만 알았던 두 사람은 이튿날 정오쯤에 무사히 돌아왔다.

어머니는 요란한 총소리와 비행기 폭격이 무서워서 동생을 부둥켜안고 부엌 구석에 쌓아 둔 땔감용 솔가지 더미 속에 숨어있었다고 했다. 전쟁과 현대 무기의 위력을 경험하지 못한 웃지 못할 피신이었다.

아슬아슬한 찰나였다. 그 때 집안 아저씨가 빗발치는 총알과 공포의 폭격을 무릅쓰고 허둥지둥 달려와서 두 사람을 구출해주었다. 어머니는 네 살배기 여동생을 등에 업고 집을 나와서 형산강 쪽으로 '걸음아 날 살려라' 하며 허겁지겁 달렸다고 했다. 잠시 후 '쾅' 하는 굉음에 놀라서 뒤돌아보니 조금 전에 있었던 그 집에서 불길이 하늘 높이 치솟았다고 했다. 불과 이삼 분 사이에 생사(生死)가 엇갈린 것이다. 6·25전쟁은 이렇게 처절하고 참혹했다.

한 시간 정도 지났다. 바람들은 싸우다 지쳐버렸는지 아니면 일시 휴전을 했는지 소강 상태다. 바다는 다시 잔잔하고 폭염은 또 열기를 토해낸다. 바다를 바라보던 사람들의 표정이 어두워진다. 농수산물의 피해가 커지기 때문이다.

동남풍은 봄과 여름에 부는 계절풍인데 주로 오후에 불었다가 해가 지면 멈춘다. 그래서 나의 고향 동해 남부 지방에서는 "울던 아기

와 동남풍은 해가 지면 뚝 그친다."라는 전래의 말이 있다. 지금이
야 에어컨과 선풍기가 있기 때문에 동남풍의 고마움을 잊고 살지만,
내가 어릴 적에는 그런 것도 없었으니 동남풍의 고마움이 대단했다.

동남풍은 더위도 식혀주지만, 고단한 어부들을 위하여 귀항의 돛
단배도 힘껏 밀어주었다. 그리고 생명을 지켜주는 오존도 무한정 만
들어준다. 이런 고마움을 모를 리 없는 옛 사람들은 자연과의 친화
를 근본으로 삼았다.

잠시 주춤하던 바람들이 다시 싸움을 시작했다. 이번에는 동남풍
의 세력이 막강하다. 그러나 서풍과 북동풍의 저항도 만만치 않다.
밀고 밀리는 치열한 격전이다. 결국 끈질기게 저항하던 두 바람이
전의(戰意)를 상실하고 슬슬 꽁무니를 빼기 시작한다. 동남풍은 때를
놓치지 않고 맹공을 가하며 전진이다.

드디어 시원한 동남풍이 무적 해병대와 같이 내륙에 상륙했다. 마
을 회관에 걸려있는 태극기가 힘차게 펄럭인다. 정원의 나무들도 너
울너울 춤을 추며 신바람이 났다. 기진맥진한 농작물들도 마찬가지
다. 때를 기다리던 갈매기들도 바람 타기를 하느라 흥이 났다. 다들
초조하게 기다리던 승리의 기쁨이다.

2000년 여름

03
처음 본 전투 비행기

아침부터 불볕이었다.

멀리 바다 위에는 고기잡이 범선들이 점찍은 듯했다.

가끔 큰 화물선들이 남북으로 오가고 했다.

가까운 바다에는 해녀들의 휘파람 소리가 요란했다.

여섯 살배기 나는 사촌 누나들과 바닷가 마쪽에서,

조개와 소라를 구워 먹으면서 물놀이를 하고 있었다.

정오 무렵이었다.

멀리 남쪽 하늘에 정체불명의 자그마한 물체가 나타났다.

처음 보는 전투 비행기들이었다.

그 비행기들은 북쪽으로 날아가면서 바다의 배들을 무차별 공격

했다.

기관총 소리가 "따따따……. 따따따……." 콩 볶듯 했다.

그 공포의 소리에 바다와 바닷가는 아수라장이 되었다.

누나들은 내 손을 잡고 집으로 줄행랑을 쳤다.

그 때 할아버지가 달려와서 나를 업고 집으로 달렸다.

할머니는 사립문에서 볏짚 우장(雨裝)을 머리에 뒤집어쓰고 안절부절못하며 기다렸다.

"야, 이 영감아! 산으로 도망가야 살지 왜 집으로 와……." 하시면서 노발대발하셨다.

할아버지는 다시 나를 업고 산으로 달렸다.

막 마을을 벗어날 무렵이었다.

머리 위로 비행기 몇 대가 다시 저공비행을 하면서 거푸거푸 남쪽으로 날아갔다.

귀청이 터질 듯한 굉음에 아연실색했다.

할아버지는 급히 밭둑에 자라는 무성한 억새를 헤치고 들어가서 몸을 숨겼다.

잠시 후에 비행기 소리가 사라졌다.

할아버지는 "왜놈들 때문에 이 고생이다." 하시며 길게 한숨을 내쉬었다.

04
헬로 원 달러

"헬로 원 달러, 헬로 원 달러⋯⋯."

여자 아이들이 손을 내밀며 여행객에게 구걸하는 소리였다. 그들의 옆구리에는 대부분 갓난아이가 매달렸다. 아기들은 열대의 열기와 허기에 지쳐서 두 눈을 감고 축 늘어져 있었다.

그 모습이 몹시 낯설고 의아했다. 대부분의 엄마는 열다섯 살 내외로 보였다. 상식적으로 이해가 되지 않는 장면이었다. 그러나 아기들은 분명 그 소녀들이 낳은 자녀라고 했다. 이른 아침 캄보디아와 접하고 있는 태국의 국경 도시 '아란(Aran)'에서의 첫인상이었다.

그 시간 하나뿐인 국경의 다리에는 태국으로 건너오는 캄보디아 사람들로 인산인해였다. 대부분 막일꾼과 농작물, 과일 등을 팔러오는 사람들이었다. 손수레에 짐을 잔뜩 싣고 힘겹게 끌고 오는 사람들, 장대 양쪽에 매달린 짐을 허리가 휘도록 어깨에 멘 사람들 한결같이 종종걸음이었다. 마치 피난민 대열 같았다.

54년 전 우리의 모습을 보는 듯해서 가슴이 찡했다. 동족상잔의 비극 6·25전쟁은 3년 간 전 국토를 폐허로 만들어버렸다. 사상자가 200여 만 명, 가족과 뿔뿔이 흩어진 이산가족이 100만여 명. 전쟁의 후유증은 깊고 참담했다.

'엎친 데 덮친다.'라더니 전쟁 와중에 혹독한 가뭄이 2년이나 계속되었다. 많은 사람이 기아에 허덕였다. 초근목피(草根木皮)로 연명한 사람도 부지기수였다. 유리걸식하는 사람도 한둘이 아니었다. 그 당시 나도 "헬로, 껌……, 헬로, 초콜릿……." 하며 유엔군의 뒤를 졸졸 따라다녔다.

태국 국경에서 앙코르와트 사원이 있는 캄보디아 씨엠립까지는 200여 킬로미터. 우리를 태운 소형 버스는 먼지가 자욱한 비포장도로를 덜커덩거리며 무려 여섯 시간이나 달렸다. 널빤지와 철판 등으로 만들어진 다리 위로 달릴 때는 가슴이 철렁철렁했다. 아무런 사고 없이 무사히 태워다 준 차가 감지덕지했다.

그 차는 30여 년 전에 우리나라에서 제작한 '아세아 자동차'였다. 아직도 상호와 안내 광고 문자가 선명하게 남아 있었다. 운전사와 현지 안내인은 엄지손가락을 치켜세우며 차 자랑이 대단했다. 갑자기 어깨가 으쓱해졌다.

지나가는 도로 양쪽에는 넓은 평야가 많았다. 그런 땅을 바로 옆에 두고도 주민들의 주거(住居)와 생활환경이 너무 열악해 보였다. 식수로 사용한다는 황토 웅덩이와 빗물을 저장한 대형 항아리는 불결하기 짝이 없었다. 강렬한 자외선 때문에 별 문제가 없다고 하나 건강을 많이 해칠 것 같았다.

톤레사프 호수에는 동양 최대의 수상 촌이 있었다. 그곳 주민의 삶은 더욱 딱해 보였다. 식수와 생활용수로 사용하고 있는 그 물에다 생활하수와 수상공장들의 폐수를 무단 방류했다. 더러울 대로 더러워진 누런 호수는 죽음의 물 같았다.

캄보디아는 서기 657년부터 1432년까지 동남아시아를 지배했던 부국열강이었다. 앙코르와트와 앙코르톰은 그 시대—12세기 말부터 13세기 초까지—에 '수리 아바르만' 2세가 37년에 걸쳐 건립했다고 한다. 웅장함과 예술성이 세계에서 손꼽힌다.

그런 나라도 한 번 망하고 난 후 그 영광을 다시는 되찾지 못했다. 불가사의한 앙코르와트 유적도 400여 년 동안 울창한 밀림 속에 꽁꽁 숨어 있었다. 1868년 처음 발견한 사람도 자국민이 아닌 프랑스 탐험가 '헨리 모하트'였다.

지금도 오랜 내전의 후유증이 심각했다. 사람들의 눈빛에서 삶의 의욕과 활기가 보이지 않았다. 크메르루주 폴포트 정권의 학정은 킬링필드(killing field)로 불릴 정도로 극악무도했다고 한다. 그 시절에 학살당한 사람이 무려 300여 만 명! 독재의 걸림돌이 되는 많은 지식인과 청장년들이 희생되었다고 한다.

현(現) 수상 훈센은 뒤늦게 우리나라 경제 개발 과정을 본보기로 삼아 나라 살리기에 총력을 기울이고 있었다. 그러나 의욕과는 달리 정작 필요한 지식인과 노동력이 부족해서 재건의 발걸음이 더디다고 한다.

흥망성쇠는 어느 나라 그 누구에게도 찾아올 수 있다. 그러나 망하기는 쉬워도 흥하기는 생각보다 어렵다. "헬로 원 달러, 헬로 원 달러……." 하는 소리가 자꾸 귀에 쟁쟁한다.

2004년 봄

05

불타는 화물선

동심을 찾아서

날씨가 매우 추운 이른 아침이었다.
바다가 온통 거대한 가마솥 같았다.
무럭무럭 피어오르는 하얀 김(빙무)이
찬바람에 쫓겨서 계속 동쪽으로 날려갔다.

그 날은 일출도 용광로같이 이글거렸다.
화물선 한 척이 그 앞을 지나가다가 시뻘건 불길에 휩싸였다.
나는 발을 동동거리는데,
어른들은 무심하게 구경만 하고 있었다.

잠시 후 그 배는 무서운 불길을 벗어나 계속 항해를 했다.

시뻘겋게 달았던 열기가 식으면서 김(빙무)이 무럭무럭 피어올랐다.
그 김은 배가 시야에서 사라질 때까지 계속 휘날렸다.
선원들의 생사가 몹시 궁금했다.

06
바위섬과 그 여자

중천에 뜬 달이 휘영청 밝다. 밤바다가 온통 은빛으로 반짝인다. 더위와 모기의 극성을 피해 자주 다니던 바위섬을 찾았다. 그러나 나보다 먼저 온 낯선 사람 때문에 멀리서 걸음을 멈추었다.

그 사람이 앉아 있는 가장자리는 마을 사람들도 밤이 되면 무섭고 위험해서 기피하는 곳이다. 부주의나 실족으로 바다에 떨어지면 수심이 깊고 잡을 곳도 마땅치 않아서 자칫 생명을 잃을 수도 있다. 마음이 조마조마해서 예의 지켜보았다.

언제 왔는지 알 수 없어도 그 후 삼십 분 정도 지난 뒤에야 자리에서 일어났다. 다행이다 싶어 안도의 숨을 내쉬었다. 잠시 후 내 곁을 지나가는 그 사람은 삼십 대 후반으로 보이는 젊은 여인이었다. 굳은 표정과 남다른 옷차림에서 불행의 검은 그림자가 엿보였다.

잠시 후 문제의 장소에 가보았다. 넘실거리는 물결을 따라 바위틈에서 사는 작은 게 몇 마리가 분주하게 오르락내리락하고 있었다. 홍합과 조개들도 촉수(觸手)를 길게 뻗고 먹이 사냥에 신바람이 났었다. 해조류 역시 달빛 어린 물결에 흥이 나서 너울너울 춤을 추었다. 나도 잠깐 정신을 팔고 말았다.

그 여자는 이곳에서 무슨 생각을 했을까? 행여 가정불화나 생활고라면 수중(水中) 바위에서 살아가는 생명들의 삶이 무심치 않았을 것이다. 생활환경이 너무나 거칠고 열악하다. 그래도 삶을 포기하지 않고 열심히 대를 이어 살아가고 있다.

어릴 적이다. 4년에 걸쳐 아버지, 할머니, 할아버지께서 연이어 돌아가셨다. 그 때 어머니도 달밤에 소복단장(素服丹粧)하시고 가끔 이곳을 찾았다. 그림자같이 어머니를 따라 다니던 나도 예외일 수는 없었다. 그러나 이곳에만 오면 안절부절못하고 눈치를 살폈다. 때로는 몰래 치맛자락을 부여잡고 눈물을 훔치기도 했다. 지금 생각하니 우리 오누이를 끝까지 지켜준 힘도 이 바위섬과 무관치 않은 듯하다.

바위섬은 어머니같이 헌신적이고 인자하며 아버지같이 믿음직스럽다. 각종 해산물에게 삶의 터전을 제공한 것을 보람으로 여긴다. 날마다 크고 작은 파도가 밀려와서 성가시게 해도 귀찮아하지 않는다. 살아가는 뭇 생명을 위해서 파도가 해야 할 몫이 있기 때문이다. 때로는 큰 파도가 밀려와서 심술을 부리기도 한다. 그 때마다 자리 잡고 살아가는 생명들이 다칠까 해서 혼신의 힘을 기울인다. 사나운 태풍도 바위의 의지를 꺾지 못한다. 그 덕분에 미역, 우뭇가사리,

김과 같은 각종 해조류로 풍요를 누린 어린 시절이 있었다.

젊은 부모들이 바위섬을 닮았으면 한다. 요즈음 부모들은 사업, 직장, 각종 사회활동 때문에 자식과 함께하는 시간이 짧다. 심지어 사행, 유흥, 불륜과 같은 패륜(悖倫)에 빠져서 가정을 파괴하고 자식을 버리는 몰인정한 부모도 있다.

어린 자녀에게 가장 중요한 것은 부모의 따뜻한 사랑과 자상한 보살핌이다. 그리고 건전한 사회 풍토와 화목한 가정환경이다. 삼천지교(三遷之敎), 맹자의 어머니는 아들 교육을 위하여 집을 세 번이나 옮겼다고 한다.

나의 고향은 다른 마을과 달리 해안선 전부가 바위다. 바다 여기저기에 크고 작은 바위섬도 여러 개 있다. 동해의 명소로 꼽을 만한 섬도 두 개나 된다. 이런 천혜의 자연을 닮아서인지 우리 마을에는 예로부터 현모양처가 많았다.

이순이 지난 지금도 이곳에만 오면 동심의 세계가 어제인 듯하다. 장난감 돛단배도 주로 여기서 건너편 해안을 향해 띄웠다. 낚시질, 수영, 다이빙도 자주 즐겼다. 타지방에서 친척이나 친구가 피서를 와서 묵고 갈 때도 이곳에서 모기와 더위를 피했다. 시원한 바닷바람, 은빛 물결, 물씬물씬 밀려오는 오존 냄새, 은은한 파도 소리 이 모두가 밤바다의 정취다.

이 바위섬과 더욱 친숙했던 것은 교감의 다리 역할을 한 방파제의 몫이 크다. 낮에는 사계절 내내 어부들과 그 가족들의 발길이 잦았고, 여름이 돌아오면 많은 사람이 더위와 모기를 피해 이곳 방파제에서 밤잠을 청했다. 그러나 지금은 방파제에서 잠을 자는 사람은 한 사람도 없다.

　잠깐 눈을 지그시 감고 그 여자네 집을 그려본다. 창가에 서서 엄마를 애타게 기다리던 어린 자식들이 돌아온 엄마 품에 안겨서 어깨를 들썩인다. 엄마도 아이들의 머리를 쓰다듬으며 눈물을 흘린다. 아마도 그 여인은 오늘 밤 이 바위섬의 풍경과 생태를 평생 잊지 못할 것이다.

07

산할아버지

　오늘도 '산 할아버지'란 노래를 여러 번 불렀다. 작년에 태어난 손녀 지혜를 위해서다. 녀석에게는 이 노래만 들려주면 만사가 해결된다. 언제라도 이 노래를 하면 생글방글 웃으면서 옹알이가 자지러진다.

　나도 딸, 아들 둘을 키워 보았지만 이런 경험은 처음이다. 음악이 태교나 육아에 좋다는 것은 알고 있었지만 이처럼 절실하게 생각하지 않았다. 아무리 좋은 약이 있다 해도 제때 쓰지 않으면 백약이 무효다. 지혜를 볼 때마다 장성한 자식들에게 새삼 미안한 생각이 든다.

　이 노래는 태어난 그날부터 지금까지 매일 옆에서 불러주고 있다. 노래 덕택인지 건강 상태도 양호하다. 특이한 것은 울거나 칭얼거리지를 않는다는 것이다. 이리저리 뒹굴며 스스로 노는 것을 좋아한다. 시간이 되면 우유를 타 먹이고, 기저귀를 갈아주면 된다. 녀석은 어른들을 조금도 귀찮게 하지 않는다.

몸이 아프거나 주사를 맞을 때도 소리를 내지 않고 눈물만 뚝뚝 흘린다. 그런 때도 '산 할아버지'를 불러준다. 놀랍게도 눈물을 멈추고 얼굴이 밝아진다. 음악이 진통 효과도 있는 것 같다.

제 엄마 학업 관계로 매일 일산에서 봉천동까지 오가곤 한다. 왕복시간이 자그마치 세 시간이다. 집에서 쉬고 싶어도 녀석이 눈에 밟혀서 다람쥐 쳇바퀴 돌 듯한다. 부득이한 사정으로 가지 못할 때는 틈틈이 전화를 걸어서 '산 할아버지'를 들려준다. 그 때마다 초롱초롱한 옹알이로 반갑게 화답(和答)한다.

둘이 함께 있을 때는 늘 천국의 시간이다. 녀석의 옹알이는 천상의 언어다. 때로는 진주 같은 눈빛으로 "할아버지 고맙습니다. 나 건강하게 자라서 착하고 훌륭한 사람이 되겠습니다."라고 한다. 그 어떤 경우라도 못마땅한 표정을 짓지 않는다. 그리고 잠깐이라도 짜증스럽게 하지 않는다.

처음에는 나만 저를 보살핀다고 생각했다. 아니다. 녀석도 나를 늘 기쁘고 행복하게 한다. 날마다 초롱초롱한 눈동자로 순수와 진실을 전한다. 아기의 마음은 세상의 때가 묻지 않은 천심이다. 이런 착하고 고운 마음씨가 속세에 오염될까 해서 벌써부터 걱정이다.

태아와 유아기에 자주 들은 음악이나 아름다운 자연의 소리는 평생 동안 청량제 역할을 한다. 예순이 지난 나도 파도 소리만 들으면 공연히 기분이 좋아진다. 태아 때부터 매일 듣던 리듬이기 때문이다.

지금도 고향에 가면 늘 파도 소리를 들을 수 있다. 바위에 부서지는 소리는 항상 새롭고 경쾌하다. 달빛이 밝은 밤에는 파도 소리가 더욱 듣기 좋다. 그런 날은 반짝이는 은빛 물결을 바라보며 귀를 기울인다.

어릴 적에는 파도 소리가 멋진 자장가였다. 나는 밤마다 파도 소리를 들으며 잠들었다. 잠투정이 심하면 할머니는 나를 업고 바다가 좀 더 가까운 대문에 서서 엉덩이를 토닥토닥 두드리며 파도 소리를 들려주었다고 했다.

그 시절 시골에는 라디오와 레코드도 없었다. 음악이라야 명절 때

한두 번 듣는 풍물소리와 민요가 고작이었다. 그래서인지? 지금도 자연이 만들어 내는 파도, 계곡 물, 새소리 등이 더 정겹다.

좀 더 자라면 녀석을 데리고 산과 바다를 자주 찾아가야겠다. 산에서는 새소리와 흐르는 계곡물 소리를 들려주고, 바닷가에서는 파도 소리와 갈매기 소리를 들려주어야겠다. 빨리 자랐으면 하는데 하루하루가 여삼추 같다.

오늘도 '산 할아버지'를 여러 번 불러주었다. 전과 달리 어깨를 들썩거리며 입술까지 오물거린다. 곧 따라 부를 것 같다. 그날이 오기를 손꼽아 기다린다.

2007년

08

눈물

어제부터 부슬비가 오락가락한다. 나무에서 떨어지는 물방울이 눈물 같다. 낮게 떠가는 잿빛 구름은 슬픔을 알리는 전령같이 걸음이 빠르다. 마음도 울적한데 날씨까지 침울하다.

이 선생이 떠났다. 누구나 태어나면 언젠가는 인생의 끈을 놓아야 한다. 제명을 다해도 영결(永訣)은 슬픔이 크다. 특히 요절이나 비명횡사는 주위 사람들의 가슴을 더욱 아프게 한다. 젊은 분이라 불운의 투병에서 꼭 일어날 줄 믿었는데 결국 유명을 달리하고 말았다. 고인은 향년 50세, 아직도 앞날이 창창한데 너무 애석하다.

4년 전이다. 불의의 교통사고로 위독하다는 급보를 받았다. 급히 병원으로 달려갔다. 수술을 마친 환자는 혼수 상태였으며 수년간 문학 공부를 함께했던 부인은 안절부절못했다. 상황이 너무나 참담하고 절박했다. 의사는 시간이 지나면 의식이 돌아올 수 있다며 가족에게 안심과 위로를 아끼지 않았다. 나도 그 말을 믿었다.

어제 저녁에도 문학 행사장에서 부인을 만났다. 여느 때와 같이 환자의 상태를 물어보았다. 경과가 별로 좋지 않다고만 했다. 설마 했는데 기어이 기대를 저버리고 말았다.

불의의 교통사고! 너무나 끔찍하고 슬픈 일이다. 2005년도 경찰청 통계를 보면 일 년에 다치는 사람이 642,233명, 사망자가 6,376명이다. 선진 문화와 경제 수준에 걸맞지 않은 부끄러운 수치다.

내 외사촌 동생과 친 아우나 다름없었던 김 선생도 어느 날 불의(不意)의 교통사고로 잃었다. 두 사람 다 음주(飮酒) 운전의 피해자였다. 가끔 그들의 가족을 만나면 가슴이 미어진다.

아침 일찍 장례식장을 찾았다. 그 때가 바로 입관 시간이라 빈소에 아는 사람이 한 사람도 보이지 않았다. 고인에게 명복을 빈 다음 옆방에서 식사를 할 때다. 갑자기 위층에서 통곡 소리가 들리더니 빈소로 들어갔다. 입관을 마치고 서러움에 북받친 미망인의 애통한 절규였다. 다들 눈시울을 붉혔다.

어린 시절 아버지가 돌아가셨을 때 어머니도 "이 어린것들을 나 혼자 어떻게 키우고 가르치란 말입니까." 하시며 저렇게 울부짖었다. 나도 따라 울었다. 옆에서 지켜보던 사람들도 함께 흐느꼈다. 그 때의 눈물바다도 바로 오늘 같았다.

와락 눈물이 쏟아졌다. 주위 사람들 보기가 민망해서 잠시 바깥에 나가 남몰래 손수건을 적셨다. 눈물의 흔적을 지우고 자리에 돌아오니 미망인이 와 있었다. "와 주셔서 고맙습니다." 하고 인사를 한 후 또 울먹였다. 겨우 진정시켰던 가슴이 다시 울렁거렸다.

그동안 저토록 아픈 가슴을 어떻게 숨겨 왔을까? 만날 때마다 완쾌에의 희망을 잃지 않았다. 그리고 항상 표정이 밝았다. 정말 속이 깊은 여인이다. 그래도 아들이 장성해서 군인이 되었고, 딸은 중학교 3학년이라고 하니 나의 어머니의 경우보다는 짐이 한결 가볍게 느껴진다.

청천벽력도 유분수지 어머니는 채 서른도 되지 않아서 아버지, 할머니, 할아버지를 연이어 떠나보내셨다. 친지, 이웃사람들은 개가를 기정사실로 여겼다. 혹시나 해서 하루도 마음 편한 날이 없었다. 어머니가 한숨만 내쉬어도 가슴이 두근거렸다.

"네 엄마 신랑 얻어 가면 누구하고 살래……." 하며 놀려 대는 어른들의 군소리는 밤잠을 설치게 했다. 그러나 어머니의 의지는 끝내 흔들리지 않았다. 홀로 가사를 감당하시면서 10살 3살짜리 남매를 위하여 평생 헌신하셨다.

설상가상(雪上加霜)이란 말이 있다. 정도의 차이는 있지만 불행과 불운이 그런 것 같다. 단란했던 가정도 불의(不意)의 폭풍이 지나가자 우환이 끊이지 않았다. 마지막 보루였던 어머니마저 병마로 다년간 생사(生死)를 넘나들었다. 무엇보다 주위 사람들의 편견과 멸시는 참기 어려운 서러움이었다. 그 때마다 아버지께서 쓰시던 시계, 만년필과 같은 유품을 만지작거리며 눈물을 훔쳤다.

미망인의 앞날이 걱정스럽다. 예전보다 경제 사정이 월등하게 좋아졌다 하지만, 가업과 가사는 여자 혼자의 힘으로 감당하기 어려운 무거운 짐이다. 아직도 자녀들의 교육과 결혼 등 할 일이 산 넘어 산이다. 주위의 기우와 편견도 참기 어려운 서러움이 될 것이다.

조문을 마치고 정문을 나설 때다. 열 살 안팎의 낯선 두 어린이가 담벼락 모퉁이에 서서 손을 꼭 잡고 눈물을 닦고 있었다. 나도 저 나이 때 동생과 둘이서 자주 저렇게 울었다. 참았던 눈물이 와락 쏟아졌다. 배웅을 하던 미망인도 다시 울먹거렸다.

2007년 3월 24일

09

동준이와 참개구리

동심을 찾아서

네 살배기 동준이가 내 앞에서 뒤뚱뒤뚱 걸어가고 있었다.
잠시 후 길가 풀밭에서 용케도 참개구리 한 마리를 잡았다.
하늘에서 별이라도 딴 듯이 무척 좋아했다.

주먹 안에 갇힌 개구리는 답답해서 연신 꼼지락거렸다.
손바닥이 간지러운 동준이 그만 손을 펴고 말았다.
그 틈에 개구리는 폴짝 뛰어서 풀밭으로 사라졌다.

제 엄마가 이리저리 찾아보았지만 헛수고였다.
동준이는 그만 두 손으로 눈을 가리고 엉엉 울어버렸다.
보기가 딱해서 내가 잡은 참개구리 한 마리를 동준에게 주고 말았다.

10

외갓집 나들이

손녀 지혜가 눈물을 글썽거리며 방금 떠났다. 손을 흔들며 배웅하는 내 눈에도 이슬이 맺혔다. 이틀간 머물렀는데 그 여운이 만만치 않다. 벌써 몇 시간째 녀석이 두고 간 인형을 안고 거실을 서성거린다.

손주를 사랑하는 마음은 인지상정이다. 그러나 나는 그 도가 좀 지나친 듯하다. 하루라도 만나지 않으면 눈에 밟혀서 가슴앓이를 한다. 둘이 함께 있으면 시간 가는 줄 모른다.

어제 현관문을 열고 집 안에 들어설 때였다. 반가워서 손을 흔들고 어깨를 들썩이며 연신 미소를 보냈다. 저희 집에서 매일 만나는데도 올 때마다 기쁨에 자지러진다. 외갓집 분위기가 늘 새롭고 신기한 듯 또 이 방 저 방을 기어서 다니며 눈길을 판다. 밤이 깊어도 눈망울이 초롱초롱하다.

썰렁하던 집안에 다시 화기(和氣)가 넘치고 웃음꽃이 활짝 피었다. 오늘도 '산 할아버지'를 여러 번 불러주었다. 그 때마다 녀석은 고사리 같은 손을 요리조리 놀리고 어깨와 엉덩이를 들썩거리며 신바람이 났다. 잠자는 시간을 제외하고는 늘 재롱과 웃음이 넘친다.

녀석은 어떤 경우라도 어른을 짜증스럽고 귀찮게 하지 않는다. 울거나 칭얼대지 않으니 어르고 달래는 번거로움도 없다. 항상 밝고 명랑하다. 제 스스로 사랑과 귀여움을 산다.

녀석은 하루에도 몇 번씩 나를 놀라게 한다. 표정이 조금만 어두워 보여도 옹알이와 재롱이 자지러진다. 웬만한 아픔도 내색을 잘하지 않는다. 오히려 놀라게 한 것을 스스로 미안하게 여긴다. 마음가짐이 천사 같다.

갓난아기의 천성은 티 없이 맑고 순수하다. 감성도 어른에 못지않다. 그래서 기쁨과 감동은 착한 마음씨의 근원이 되며, 불안과 공포는 나쁜 마음씨의 싹이 된다. 육아의 가장 중요한 조건은 쾌적한 생활환경과 화목한 가정 분위기다.

아기는 저마다 무한한 가능성과 잠재력을 지니고 태어난다. 부모의 따뜻한 사랑과 깊은 관심은 아기에게 좋은 양식이 된다. 역사적인 인물들을 두루 살펴보면 그 뒤에는 대부분 훌륭한 부모가 있었다.

아기는 행복의 전도사다. 가족 간의 불화와 부부간 갈등도 웬만한 것은 해결해준다. 아기 때문에 이혼의 위기를 넘기고 행복하게 사는 부부가 한둘이 아니다. 부모는 자식의 장래를 생각하기 때문에 더욱 노력한다. 부모가 이루지 못한 꿈을 대신하는 자식도 많다.

오늘 아침에는 녀석이 잠자리에서 제일 먼저 일어났다. 곤하게 자는 제 아빠와 엄마를 깨우지 않고 조용히 거실로 기어 나왔다. 혹시나 해서 방마다 기웃거려 보았지만 가족 모두가 주말이라서 각자의 방에서 늦잠을 자고 있었다.

늘 그랬듯이 울거나 칭얼대지 않았다. 어른들을 깨우거나 귀찮게 하지도 않았다. 오히려 단잠을 다칠까 해서 거실 구석 맨바닥에 엎드려서 다시 잠을 청하고 있었다. 그 때 방문을 열자 반가워서 고개를 들고 방긋 웃었다. 웬만한 어른보다 넓은 소견에 눈물이 글썽했다.

그런 녀석이 이틀간의 외갓집 나들이를 마치고 제 집으로 돌아갔다. 올 때는 반갑더니 가고나니 너무 적막하고 쓸쓸하다.

2007년 7월

11

천사와 함께 춤을

복통이 점점 심해졌다. 참다못해 배를 움켜잡고 엎드렸다. 고사리 같은 손이 등을 두드렸다. 깜짝 놀라 뒤를 돌아보았다. 외손녀 지혜가 콧등을 붉히며 소리 없이 눈물을 뚝뚝 흘리고 있었다.

두 돌도 채 되지 않은 녀석의 기막힌 배려였다. 놀라서 우는 것은 당연한 일이다. 그러나 할아버지의 고통을 덜어주기 위하여 등을 두드려 준다는 것은 또래 아기들에게서 흔히 볼 수 있는 일은 아니다. 이렇게 착하고 어른스러운 마음씨 때문에 나는 녀석을 '천사'라고 부른다.

녀석을 돌본 지가 벌써 2년이 다 되었다. 꿈과 같은 나날이었다. 녀석과 함께 있을 때는 늘 기쁨이 넘친다. 눈만 뜨면 눈빛이 샛별같이 초롱초롱하다. 방긋방긋 웃을 때는 그 어떤 꽃보다 더 예쁘다. 천진무구한 재롱은 하루라도 보지 않으면 병이 날 지경이다.

오늘의 복통은 우유를 지나치게 먹은 것이 원인이다. 나는 우유를 정도 이상 먹으면 복통으로 고생을 한다. 늘 조심하면서도 깜박했다. 미련한 할아버지 때문에 얼마나 놀랐을까.

작년 이맘때를 생각하니 오늘의 행동이 꿈만 같다. 요즈음은 고사리 같은 손으로 할아버지의 어깨와 등을 두드려 주고 팔다리도 주물러준다. 과자나 과일을 먹을 때도 혼자서만 먹지 않고 꼭 나누어 먹는다. 넘어지거나 어디에 부딪히면 제 손으로 내 가슴을 진정시켜 준 후에야 콧등을 붉히며 눈물을 글썽거린다.

아기답지 않은 배려와 참을성이 어른들을 놀라게 한다. 아직까지 한 번도 '으앙으앙······.' 하고 소리 내어 울어 본 적이 없다. 심지어 주사를 맞을 때도 눈물을 흘릴지언정 소리는 내지 않는다. 몸이 아

프다고 짜증을 부리거나 징징거린 적도 없다. 아침에 먼저 일어나면 어른이 깰 때까지 옆에서 기다리며 조용히 혼자 논다. 어떤 경우라도 잠자는 사람을 깨우거나 귀찮게 하지 않는다.

지혜는 노래와 춤을 유별나게 좋아한다. 음악만 들리면 갈래를 가리지 않고 손뼉을 치면서 신명나게 춤을 춘다. 옆에 사람이 있으면 아무나 함께 춤을 추자고 한다. 신나게 춤을 출 때는 몸살이 날까 걱정이 된다.

요즈음은 오는 사람도 자지러지게 반긴다. 그러나 누구라도 현관문을 열고 집을 나서면 못 가게 붙들거나 울지 않는다. 오히려 안녕하고 손 흔들어 배웅한 다음 재빨리 문간방에 들어가서 몰래 뒷모습을 지켜보면서 눈시울을 붉힌다.

이런 지혜가 이제는 서툰 발걸음으로 뒤뚱뒤뚱 나들이를 한다. 바깥세상이 겁이 난다. 나는 지금까지 아기는 자라면서 완전한 인간으로 거듭난다고 생각했다. 아니다. 지혜를 통해서 아기는 자라면서 완전한 인간성을 점점 상실하게 된다는 사실을 뒤늦게 깨닫는다.

지혜는 미운 짓을 눈곱만큼도 하지 않는다. 언제나 예쁘고 기특하다. 녀석은 오늘도 "너희가 생각을 바꾸어 어린아이와 같이 되지 않으면 결코 하늘나라에 들어가지 못할 것이다."라고 하신 예수님의 말씀을 새삼 깨우치게 한다.

몇 시간이 지났다. 복통이 한결 수그러졌다. 불안했던 지혜의 얼굴도 환하게 밝아졌다. 텔레비전에서 가수들이 신명나게 노래를 부른다. 나도 천사를 안고 그 리듬에 맞추어 춤을 춘다. 어깨를 톡톡 치는 고사리 같은 손에 신바람이 난다.

2008년 봄

12

그 산길을 따라

북한산을 걷는다. 이 길은 매월당(梅月堂) 김시습(金時習)이 자주 다녔다는 그 산길이다. 늘 벼르던 일이라 발길이 가볍고 상쾌하다. 화창한 날씨와 곱게 물든 단풍이 계절의 신비를 더해준다.

김시습은 북한산 노적봉 아래에 있는 중흥사에서 어린 시절을 보냈다. 한때는 236칸으로 서울 근교에서 규모가 제일 큰 절이었다. 그러나 지금은 임진왜란 때 모두 불타버리고 빈 터만 쓸쓸히 남아있다.

요즈음의 학생들은 입시와 고시 준비를 대부분 학원, 고시원, 독서실에서 한다. 그러나 내가 어린 시절에는 과외수업이 고작이었다. 산사(山寺)에서 공부하는 학생도 있었지만 특별한 경우였다.

나도 산사에서 공부한 경험이 있다. 짧은 기간이었지만 성과가 좋았다. 빼어난 산수와 사계절 아름다운 풍경, 수목(樹木)이 내뿜는

맑은 공기, 묵중한 정적(靜寂) 등은 건강과 실력 향상에 큰 도움이
되었다.

북한산의 수려한 자연과 정기는 어린 천재에게 좋은 활력소가 되
었을 것이다. 시습은 태어난 지 여덟 달 만에 말보다 글을 먼저 익혔
으며 7, 8세에 경서(經書)에 통달하고, 아홉 살 때 시문(詩文)을 지어
서울에서 이름이 높았다고 한다. 이 소문을 들은 세종대왕은 장래에
자못 크게 쓰겠노라는 전지(傳旨)까지 내렸다. 이때 시습의 나이는
다섯 살이었다.

春雨新幕氣運開(춘우신막기운개) 봄비가 새 장막을 드리워 기운이 열
린다.

桃紅柳綠三月暮(도홍유록삼월모) 복사꽃은 붉고 버들은 푸르러 3월이
저물었다.

貫株靑針松葉露(관주청침송엽로) 구슬을 푸른 바늘로 꿴 듯 솔잎이 이
슬을 머금었다.

이 시(詩)는 시습이 3살 때 지었다고 한다.

시습이 5살 때였다. 당시의 정승 허조(許稠)가 불러서 "내가 늙었
으니 늙을 노(老)자로 시를 지어보라"고 했다. 어린 천재는 즉석에서
"老木開花心不老(노목개화심불노) 늙은 나무에 꽃이 핀 것을 보니 마음은
늙지 않았다."라고 답했다.

먼저 중흥사 옛터를 둘러보았다. 불타버린 지가 400년이 지났는

데도 석축이 견고하다. 큼직큼직한 주춧돌은 한때의 번성을 일러주
듯 그 모양이 뚜렷하다. 고개를 들어 보니 우뚝 솟은 노적봉이 일거
수일투족을 내려다보고 있다. 건너편 팔봉능선 위에도 흰 구름이 아
련하다. 도란도란 흘러가는 앞자락 계곡물 소리가 청량하다.

절터를 떠나 계곡을 건너 서편 용출봉에 올랐다. 넓은 바위에 앉
아서 북한산 삼각봉(백운대, 인수봉, 만경대)을 바라본다. 언제 보아도
한 폭의 산수화다. 능선을 걸어갈 때마다 수시로 변하는 풍경은 신
비와 경이를 더해준다.

특히 인수봉은 바라보는 방향에 따라 그 풍모가 각각이다. 도선사
가 있는 동남쪽에서 바라보면 어진 군자 같고, 북쪽 도봉산 오봉에
서 바라보면 우뚝 솟은 기상이 하늘을 찌를 듯하다. 그리고 멀리 남
서쪽 비봉이나 대남문에서 바라보면 삼각봉 전체가 유구한 역사를
말하듯 아득하고 장엄하다. 북한산 산정(山頂)의 경관은 역시 팔봉
능선에서 바라보아야 제일 수려하다.

오늘따라 북한산 산정이 더욱 늠름하고 준수하게 보인다. 바람에
실려 오는 단풍 향기가 물씬물씬한다. 곳곳에 만발한 산국화도 연인
같이 정겹다. 능선을 걸어갈 때는 백두대간의 정기가 발아래 꿈틀
거리는 듯하다. 고고(孤高)한 성문과 성터에는 수많은 노역자의 땀방
울과 애환이 서려있다. 금위영(禁衛營) 옛터를 지나칠 때는 '두런두
런…….' 군사들이 나누는 대화도 들리는 듯하다.

위문을 지나 백운대에 올라섰다. 우뚝 솟은 산정에서 사방을 굽어

보니 모두가 내 발아래 있다. 선들선들 부는 바람이 땀방울을 씻어
줄 때는 신선이 된 기분이다. 팔을 베고 누워서 하늘을 바라보니 천
상(天上)의 소리가 들리는 듯하다.

소년 김시습은 이곳에 오를 때마다 어떤 생각을 했을까? 사람은
가고 없어도 산정(山頂)은 알 것 같아서 눈을 감고 명상에 잠긴다.

2008년 가을

13
마지막 약속

　고인이 된 친구의 부인이 약간의 꽃씨를 보내왔다. 동봉한 메모를 읽어보니 "남편이 돌아가시기 며칠 전에 부탁해서 보냅니다."라고 적혀있었다. 가슴이 울컥했다.

　작년 여름이다. 한 치 앞도 내다보지 못하고 부부가 함께 다녀가라고 전화를 했다. 텃밭에 고추, 오이, 상추 등 각종 채소가 풍성할 뿐만 아니라 당신이 좋아하는 봉선화, 채송화, 나팔꽃도 활짝 피었다고 했다.

　그 때 꽃씨 부탁을 했다. 서슴지 않고 가을에 꽃씨를 따서 보내주겠다고 했다. 대단한 약속도 아닌데 죽는 그 날까지 잊지 않았던 모양이다. 마지막까지 약속을 지킨 친구의 성의가 가슴을 뜨겁게 한다.

　약속을 지킨다는 것은 쉬운 일이 아니다. 사람과 사람 간의 약속도 그렇지만 자신과의 다짐은 더욱더 실천이 어렵다. 수신제가(修身齊家)를 좌우명으로 삼고 살았지만 후회가 많다.

지난날을 뒤돌아보면 무책임한 약속 때문에 낭패를 본 일이 한두 번이 아니다. 대부분 가식, 위선, 허구와 같은 감언이설에 속았다. 미련한 탓인지 지금도 가끔 어처구니없는 약속에 속고 가슴앓이를 한다. 이런 세속(世俗) 때문인지 친구가 마지막으로 보내온 꽃씨가 아침 이슬같이 영롱하다.

흔히 인명재천(人命在天)이라 한다. 누구나 부름을 받으면 운명의 끈을 놓을 수밖에 없다. 그러나 내가 보기에는 친구의 여생(餘生)은 한참 여유가 있어 보였다. 그래서 바쁘다는 핑계로 방문을 차일피일 미룬 것인데 그 사이에 이런 변고가 일어난 것이다. 작년 여름에 다녀오지 못한 것이 못내 아쉬움으로 남는다.

사람이 죽고 나면 고인의 지난날이 두고두고 회자(膾炙)된다. 삶이 깨끗하고 덕(德)을 많이 쌓았다면 그를 애석하게 여기며 오래오래 추모의 정을 나누지만, 몰인정(沒人情)하고 부도덕(不道德)하게 살아왔다면 비난과 원성이 가시지 않는다. 심지어는 그 후손까지 손가락질을 받게 된다.

친구는 소문난 부잣집 아들로 태어났다. 원만한 성격, 소박한 인정, 넉넉한 인심, 해박한 지식, 잘생긴 얼굴, 훤칠한 키 등은 늘 주위의 부러움을 샀다. 웃음을 잃지 않는 표정에는 천진함이 가시지 않았다. 남에게 베풀기를 좋아하고 친구에게는 인정과 인심을 아끼지 않았다. 그래서 슬픔이 더 크다.

살아온 세월 탓인지? 요즈음은 마음을 터놓고 지낼 만한 친구가
흔치 않다. 몇 안되는 소꿉친구들도 뿔뿔이 헤어져서 만나기가 어렵
다. 타향에서 만난 친구들도 하나 둘 유명(幽明)을 달리하고 있다.

해마다 여름이 되면 베란다 아치(arch)에 나팔꽃이 연이어 자지러
지게 핀다. 그 꽃씨도 10여 년 전 고인이 직접 가져다 준 종자다. 그
때 친구는 인천광역시 외곽 한적한 농촌에 살고 있었다. 초대를 받
고 부부가 함께 방문했을 때다. 지붕을 뒤덮고 있는 나팔꽃이 어찌
나 크고 고운지 역시 꽃씨 부탁을 했다.

설마 했는데 그 해 가을 내가 살고 있는 여의도까지 씨앗 한 봉지
를 소형 화물차에 싣고 아내와 함께 왔다. "이 무거운 것을 차에 싣
고 오느라 타이어가 온전합니까!" 하며 농담을 주고받았던 것이 어

제 같다.

그 나팔꽃은 보는 사람마다 놀랄 정도로 꽃송이가 크고 화사하다. 두 개의 대형 화분에서 아치를 감고 올라간 넝쿨에 수십 송이가 한꺼번에 피면 장관이다. 그러나 근년에는 세월의 무게를 이기지 못해 꽃송이 크기가 전만 못하다.

올 봄에는 그 화분에다 친구가 보내온 새로운 꽃씨를 심어야겠다. 그리고 정성껏 가꾸면서 생전(生前)의 정리(情理)와 마지막 약속을 오래오래 기려야겠다.

2008년 봄

14

할아버지 달, 내 별

"할아버지, 달! 아, 멋있다……." 네 살배기 손녀딸 지혜가 창가에 서서 손가락으로 달을 가리키며 나를 부른다. 어디, 하며 가까이 다가가 보았다. 건너편 아파트를 막 비켜난 달이 휘영청 밝다.

손녀 덕분에 오랜만에 환한 보름달을 구경한다. 사실 젊은 시절에는 살기가 바빠서 밤하늘을 쳐다볼 마음의 여유도 없었다. 오늘도 녀석이 아니었다면 방에서 다른 일에 정신을 팔았을 것이다.

고마운 일이다. 나도 어린 시절에는 마당에서 엄마의 손을 잡고 자주 달구경을 했다. 특히 정월 대보름날에는 높은 곳에 올라가서 달을 본 후에 엿을 먹었다. 그런데 지금은 녀석과 둘이서 빵과 과일을 먹고 있다.

여름철 밤하늘은 어릴 적에 가장 동경했던 상상과 신비의 세계였다. 먼저 달이 점점 커지고 이지러지는 것이 무척 궁금했다. 달에는 진짜 하얀 토끼와 계수나무가 살았고, 이태백도 가끔 달에 가서 놀다 오는 줄 알았다.

달은 어머니같이 자애롭다. 어린 시절에는 캄캄한 밤을 몹시 무서워했다. 그런 나를 가는 곳마다 따라다니며 어둠을 환하게 밝혀주었다. 이웃 마을 친구 집에 놀러갈 때도 따라와서 그 집 지붕 위에서 기다렸다가 함께 돌아왔다. 달 밝은 밤에 뱃전에서 밤낚시를 하면 바다에 은빛 다이아몬드를 곱게 뿌려주었다.

잠시 후 "할아버지, 스피카별!" 하며 또 부른다. 다시 창가에 가보았다. 아닌 게 아니라 서쪽 하늘에 스피카가 반짝인다. 녀석은 "할아버지 달, 내 별" 하며 감탄사를 연발한다.

스피카별은 여름밤 서쪽 하늘에 반짝이는 일등성(一等星)이다. 얼마 전 동네 공원에서 손가락으로 별을 가리키며 이름을 묻기에 알려주었다. 그 후 밤만 되면 으레 스피카별 보러 가자고 졸랐다.

그러나 밤마다 하늘이 흐려서 녀석의 뜻을 따를 수 없었다. 내 잘못도 아닌데 공연히 미안했다. 달과 별이 잘 보이지 않은 것은 흔한 구름과 짙은 매연 때문이다. 하늘이 청명해도 이곳 서울에서는 밝은 불빛 때문에 별이 잘 보이지 않는다. 유일한 밤 풍경을 제대로 볼 수 없게 된 것은 슬픈 일이다.

옛날에는 하늘이 거울같이 선명했다. 여름이 되면 마당에 펴 놓은 거적자리에 누워서 밤하늘에 정신을 팔았다. 휘영청 밝은 달, 반짝

반짝 빛나는 별, 강물같이 흐르는 은하수, 광채의 머리에 은빛 꼬리를 달고 쏜살같이 떨어지는 유성 등은 동심을 더욱 살찌게 했다.

동심은 시들지 않는 꽃이다. 그러나 상처받은 꽃잎은 아물지 않는다. 어린이 감정은 아주 단순하고 민감하다. 엄마 아빠의 기분에 따라 웃고 울고 한다. 그들의 낙원은 오아시스가 아니라 사랑이 넘치는 화목한 가정이다.

밤이 깊어 간다. 녀석은 아주 창가에 자리를 잡고 앉아서 밤하늘을 바라보면서 흥얼흥얼 노래까지 부른다.

달아달아 밝은 달아 이태백이 노는 달아
저기저기 저 달 속에 계수나무 박혔으니

옥도끼로 찍어 내고 금도끼로 다듬어서

"……."

갓난아기 때부터 지금까지 자주 불러주었던 자장가다. 그래서인지 녀석은 더욱 흥겹게 부른다. 달도 은빛을 뿌리며 환하게 웃는다. 스피카 역시 반짝반짝 미소를 보낸다.

즐겁고 행복한 밤이다. 녀석은 거듭 "할아버지 달, 내 별……" 하며 좋아한다. 그렇다. 나는 지혜에게 보름달같이 인자한 할아버지가 되고 싶다. 지혜 역시 장차 스피카별같이 반짝반짝 빛나는 큰 별이 되었으면 한다.

2009년 9월